所见

天岩 著

赣州市文艺精品创作专项资金资助

长江出版传媒 | 长江文艺出版社

天岩，真名叶晓健，生于1975年10月，江西兴国人，江西省作家协会会员，星火黄金驿驿长，赣州市作家协会副秘书长，赣州三中语文高级教师，参加2016年江西青年作家改稿班。在《中国诗歌》《星星诗刊》《中国校园文学》《诗选刊》《诗潮》《星火》《创作评谭》《散文诗世界》《红豆》等刊物发表作品。

目　录

第四辑 石头部落

第一辑

遗弃或重生

郁孤台

你一直在江水边咳嗽。

鹧鸪早已无处藏身
它已退居到江河的对岸
或者更遥远的地方

我们有时在舞台上能够听见
这凄凉动听的声音。这个马背上的
诗人，很想走下这逼仄的亭台

建了又毁毁了又建的楼阁
成了这座城市一个繁华而弯曲的背影。

城 墙

要感谢它们挡住春天高涨的江水
而那些砖块上铭刻的名字和朝代年月
散落或隐没于墙体有如传说散落民间

以我速朽之肉身贴近这些名字
我想借风聆听他们发出细微的呼喊
这些借泥土和窑火炼就铁骨的砖块

有如经过战火洗礼的士兵，他们
手握刀枪和手握锄头都保持沉默

雕　像

他们在故乡的南大门
一次次迎接尊贵或者卑微的乡亲、客人
他们经历了我们无法想象的风雨
现在，继续经历着风雨
除了天空，没有任何遮挡物
除了脚下的土地，没有任何座椅

除了炮火或者更为惨烈的毁灭
他们的站姿淡然的面容，不会改变
除了一场足以覆盖整个身躯的大雪
除了唐山和汶川一样的地震

他们大理石一般坚硬纹理清晰的躯体
裹着一颗赤诚热切脉搏有力沉稳的心脏

灶儿巷

一条古老幽深的小巷里，
仍有木屐错落踢踏作响。

那只于庭院深处明灭闪烁的烟斗
落下一片鸽子的羽毛，随风
飘进巷子深处的一户人家。

浮　桥

这一百多只木船平躺于河面的桥
有如一个个深夜春情荡漾的女人
她们列队。等候不同的人驻足或者
叫号。那些灯光开始在远处并且向下
生长。一场各取所需的夜宴开始。

继亮和 68 号于前一个夜晚清谈至凌晨
我和长芯今夜继续找到她
向她交出我残余的青春和中年走形的身体
交出长芯生长在身体深处的疼痛。
交出我们都已埋在土里亲人的秘密

我们都不确定那些漂浮物
具体的故乡与住址。而距离我们
五米之处豪情痛饮的两个青春女子
似乎随时等候我们以某种方式介入
似乎如此才能让江面的夜晚更像夜晚
让既定的因素和不确定的因素
以某种理由生发无数种可能与人生的
变量。可是她们很快变为三个、五个……

一切突然变得索然无味。

还是去猜想向江水深处生长的灯光
更能让体内流动的液体发生微妙的反应
那只因主人冷落狂叫不已的狼狗
不明就里。它还是被女人的呵斥驯服。
泅渡几十米远的暗淡之处，叼回
一只空空作响的矿泉水瓶子

女人心满意足地离开，她确信
诸如此类的演出是可以填补某种缺口的

"她只是没有拎住孩子的脚"
"我的祖辈十个有八个最后死在江水里"
"你呀，不知道浮桥上有多少悲欢"

这个叫赖传河、世代于桥边舟里生活的
渔夫船民，见多了各种落水而亡的人。

江　楼

那个雕塑一样的垂钓者
一定听到了风中的各种声响
还有江流深处的追逐

楼阁过于空旷
风吹尺素的声音无法抵达江心
破浪而出的鱼
在真切地感受到风的抚摸的同时
也失去了自由和生命

我在楼台静静聆听各种生命
在风里生长或者消逝

火燃村
——兼赠继亮、长芯

大雨带走了人群。长芯指给我
一片随风颤动的青草，它们确实
对外在的事物敏感万分。平缓的田野
和村庄更为靠近树，靠近群山。
过多关闭的门户缩短了视线和行程
益母草高过头顶，我怀疑它的
真实性，怀疑隐藏起来的枇杷甜蜜的
水分。继亮敢于证实一切事物的真实度
他鼓动我说出内心最隐痛的秘密
就凭给我摘取的更大的一颗枇杷
我致力于拔出一根木条上的钉子
我疑惑一小块菜地的茂盛和竹片篱笆
围住的一大片的荒芜、凌乱……

唉，火燃村没有一粒火星
火燃村还是没有清除我内心的灰烬

一座石头开花的城 （组诗）

——兼赠李楠、聂迪、谢帆云、柯桥、布衣、林珊……

八卦脑花骨朵

在迎接一场盛大的诗会到来之前
和八卦脑尚未盛开的花骨朵来一场
问候与对话。它们的体积还很小
我们的热情与执着始终未能开启
它们紧闭的嘴巴。是的
我们也清楚：它们在替春天
保守秘密，替昆虫收藏音符，
替雨丝拽紧线头……

那些在枝叶更深处的小花苞
在风中躲闪沉默

——这使我相信
神在暗处，掌握点燃群山的引索

一座塔在灯光里花朵一样盛开

灯光点亮芦苇。河面的波纹
有如我正猜想的一个故事的情节

"二十五年了。"友人停下脚步
静对塔影：总以为啊，把一条弯曲的
波纹拉直，是一件多么容易的事情。
静对塔影，我只聆听夜风
怎样拉动琴江的琴弦

静对塔影，它盛开如一朵莲花。

净土岩

我确信自己相信沉淀的事物大于
飘浮的事物。如果能像贝壳和龟
花费上亿年生长在岩石之上
最好不过了。这些
最能紧闭嘴巴保持沉默的事物
将时间和硬度构成正比

若以我肉身之躯深埋雪山或岩浆之下
我愿保持沉默并和一切达成和解

迎恩石

有人说是从天而降的陨石
有人说是从火山喷出的岩浆
那些生长植物的土壤
帮助多种根系抓牢岩层
替岁月遮蔽荒凉

在一道不易觉察的裂缝面前
我反而心生欢喜

通天寨民居

紧贴耸立巨石的是一棵大树
紧贴大树的是一所外表荒废的民居
虚掩的门里悬挂一件蓑衣，一顶
安全帽。没有瓦盆锅灶
主人在外，久居不归

门口的青苔覆盖了一块青砖
门口的滴水声覆盖了几米外的喧哗

白莲宝石一样落入空谷

许多白莲，玉石一般落在空谷。
旧年的清香还在唇齿间游走。
而未挑走的莲心在我的碗底绿意盎然。

要感谢这一句孤独的诗行。
那么多失散的伙伴让我无从牵挂。

在大庾岭

——兼赠洪忠佩、简心

东山码头

没有一只船，一块木板也没有
不是赭红色矗立的石柱，长有青苔的牌坊

我以为就是一个岸口，或者妇人捣衣的地方
春风刚刚吹散了一首《梅花落》
河面开阔，对岸街市繁华

我们仔细辨别石柱牌坊的年代
乾隆年间，或者南宋时期，或者更早
风化凹凸的石壁更像远古时代
公元 1991 年和公元 991 年，刚好一千年
一千年，发生了多少事情

那些临河的茶楼怎么消失的
那些石灰桐油黏合的堤坝台阶
据说可以牢固千年不腐，或者更久
我们在这里短暂地停留，真的给不了

任何答案，也解不开那把锈蚀的锁

牡丹亭

与树相比，古旧的亭阁还太年轻
枯枝和落叶不再过问季节，不过问书签夹在哪一页
不过问爱情，不过问葬在墓冢里的台词
这里是旧时的南安府院，和宋朝隔着一棵树
隔着一条河，隔着一张落满尘埃的梳妆台

我不敢叫戏曲的主人出来，她只能坐在树上
梳洗头发，辨识那些情窦初开的花朵
辨识曾经和丫鬟游园的小径，竹笋破土而出，
树根在墙角发出新芽，对面的塔
需要这里的树再弯一次腰，再等一线春光

古　道

梅关古道上的春天是寂寞的
车前草在某一个雨夜，从古道的眼睛里长出
从古道的肩膀长出，骨头里长出
一路生长到苏轼，所有贬谪的古人诗词的缝隙里
还有《诗经》，所有的漂泊

我喜欢这样绿色的荒芜与慈悲，喜欢踩着

春天枯萎的树枝，湿漉漉的石头
土里慢慢析出慢慢渗出植物花草的汁液
还有碎裂的瓦菲，生活的疼痛
还有嵌在悬崖石缝里的苦难和眺望

车前草，长满古驿道的车前草
将断裂的历史缝合的车前草，清肝明目利胆
生命短促，我们可以在风里好好闻闻它的味道
一点点苦涩，一点点清香，这大地上的草本植物
因为它们，暗藏的秘密一览无余

异　域

一座繁华的城市
在出水的芙蓉花瓣之上
从容地沐浴而归

黑夜里的那对闪烁红光的眼睛
在默默撕裂
一片无边黑色的云朵

我们惊恐地行走在
光亮的边缘，一碰就碎的梦境里

谁在古城刻写乡愁 (组诗)

鸡鸣驿

看到一位抵达鸡鸣驿的盲人
他的脸色和城墙的颜色一样

看到一群驿站村庄居住的孩子，眼睛
和照射在城门上的阳光，一样明亮

因为要一寸一寸地抚摸城墙
太阳落山，他还在深情地抚摸

因为除了尘土还是尘土
黑夜降临，他们还在擦一张石凳

我羡慕这位一天都在抚摸一段城墙的盲人
他凭什么告诉我砖头和泥土里隐藏的秘密

我也羡慕这群一天都在擦石凳的孩子
他们凭什么在尘土里找到了干净的光芒

鸡鸣驿，可能有很多细节被我们忽略
可能我们只记得《大话西游》的某个情节

堡子里

堡子里，和古老的宋城一样从未失守过
像极了从一而终的女人，像极了故乡的榨油坊
你可能会觉得过于朴素而简陋
比如门口的那床过于破旧的被子
慢慢你就能感觉到某种珍贵和芳香

随便一块砖，或者一块石头
不只经历风霜，不只经历刀剑
可能也经历千回百转的爱情，忍耐，疼痛
堡子里的男人和女人就是一块块砖，一块块石头
它们整齐地交错在一起，从不改变位置

要相信这是有筋骨有血肉有体温的建筑
夜晚和你一起闭上眼睛，白天和你一起思考
承受各种挤压，承受各种悲欢
然后接受风与岁月的清洗，然后你相信
她的身体始终是干净的，你看到污秽的东西吗

如果没有，就让我们安静地走完
有六百多年历史，九十多处古迹的堡子里

马兰峪

一个叫马兰的将军在这里种植了马兰花
从此这里叫马兰峪，一个开满马兰花的地方
如果盛开的是石头和房子，很长一段时期
可能是尸体和庙宇，还有四处奔走的马
那是马兰花做了马兰将军的陪葬

两千多年，会有多少故事和传奇
希望会有一本《马兰经》，希望遗失的传奇
能够找到并且在这里的舞台上演
比如"猴儿山""二郎庙""麒麟山""扳倒井"
徐二老虎的"刀把官房""水漫金星山"
奉圣夫人"康熙娘娘奇闻""双妃陵"的故事

读康熙写的《马兰峪》诗，里面没有马兰花
有松林，白发，寸晷，玉殿；一个人悲想遥音
这个一生功业卓著的皇帝在马兰峪有些伤感
他在这个历史久远的胜地想到了很多，参悟了很多
唯独没有想到马兰花，所以现在我在马兰峪
在人烟阜盛繁华的大街小巷也没有看见马兰花

我想告诉你的是，其实我不认识马兰花
其实我从来没有见过马兰花
或许它，只是属于马兰将军一个人的乡愁

穿过一个梦境回望人间 (组诗)

祈　蚕

说起蚕神，他们一脸虔诚
在干净的水上巷子里唱起蚕花歌
如果在乌镇偶尔听到《马明王》，你要细听：
"大悲阁里转一转，买朵蚕花糊笪盘。"
如果是乌镇的嗓音，你会在梦境里看到洁白的蚕花

所以乌镇的蚕丝可以迷住孔雀
可以迷住驻足在青砖碧瓦小桥流水前的恋人

可以迷住绣在丝绸上，桥上的一只蝴蝶

走　桥

在乌镇以走桥替代登高，祛病除邪
走过木桥，石桥，铁桥，新桥，旧桥
"逢源桥""宫桥""白娘子桥""放生桥""浮澜桥"
彩虹一般的桥，梦幻一般的桥，流动静止的桥
走过一百多座桥你就能走到云端，回望人间

或者走到深夜走到奈河桥边，踩着细碎的脚步
那个卖馄饨的老人会笑眯眯地望着你对你说：
客官你来了啦！滚烫的开水在寒风里热气腾腾

河水里看不见倒影，远走的和尚
提起了没有尘土的袈裟

似乎已经忘记有故人
在这里等我饮一杯千年佳酿

三白酒

水是清白的，面是清白的，稻米是清白的
乌镇也是清白的，就如一生清白的茅盾、丰子恺
所以三白酒的酿制离不开乌镇
所以木心无论如何也要在最后的余生
在清白溢满酒香的故土乌镇度过

因为每一坛封存的酒里，都有一个精灵
或者即将诞生一个个浪漫传奇的故事
一个千年古镇是离不开自己的酒香和味道的
你要驻足看一看酒坊里的木头和砖
看一看光着膀子的汉子，然后看到地底下流淌的河水

然后看到一幕幕上演的醉眼蒙眬的戏

嘉年华

左边在戏曲杂耍，右边在话剧对白，前边在打坐念经
300 场到 2000 场到更多场嘉年华，你相信白莲古塔上
那是在攀爬上演《圣诞老人的旅程》吗？
指尖上的纸风车轻轻一转，转动了
你一生一世盘结在心底的爱恋

去看看昭明书店里的舞踏，你如临侘寂之境
生欲死欲的变换流转夺走了语言和
一封情书，越过苍茫越过缓慢的车、马、邮件，日色
看看白天种地，晚上跳傩戏的龙开春的湘西风味
农民地主、秀才县官、土保丈人、人与菩萨
依次从一本古旧缺角略略潮湿的书页上走出

看看"水边吧"藜果的肢体剧作《如形随影》
他们叫"子弹""树"和"丹增"，解放每个人的身体
和严肃的藏地佛教在充满了仪式感的动作里找到了
　节点
看看皮影戏《黔行》，看看默片时代的《默剧音乐会》
看看住进乌镇创作的李凝的《身界》，眼神也是属于
　乌镇的
看看加拿大美丽贝特剧团作品《蓝爵夫人》

看看丹麦的《哈姆雷特》、罗马尼亚的《暴风雨》
看看孟京辉的《他有两把左轮手枪和黑白相间的眼
　睛》
看看赖声川的《水中之书》，看看罗马双王会《卡里
　古拉》《大鸡》

什么时候，人群中的我就成了书里剧中的人物

天　贶

六月六：晒书，晒福，结百索绳，请姑姑，回娘家
这个吉利的日子：皇帝把龙袍拿出来晒，
玄奘晒浸湿的经书，百姓晒一晒
压在箱底结婚时穿过的鲜艳的衣裳

这一天，把井水盖住藏起来
可是乌镇的水怎么盖住呢
所以乌镇要用自己的容颜迷住太阳
让太阳的光芒柔和一些，再柔和一些

所以，你只有相信这是上天的旨意
在乌镇，所有的事物都一一进入梦幻之境

二　月

必须找到那把锈迹斑斑的剪刀
趁着寒气褪去之前，剪去枯枝败叶
然后用花朵的汁液，调制好清洗肠胃的羹

必须洗干净所有油腻的事物
给远行的亲人，准备好一双舒适的鞋
给晾晒了一个冬天的田野灌好水，锄草

清理鸡舍、羊圈。运送结块的家肥
嘱托孩子，把卷角的压岁钱压平
新发的书本包好书皮，把鼻涕擦干净

听儿子朗诵《咏柳》，奶声奶气的声音
有如刚刚泛绿的柳芽，爸爸
我也要和碧玉一样，假装一棵树一样高

翻到一封发黄的书信，落款不明
在二月，我很想把它寄给春天

十亩之间

十亩之间，和早晨的阳光一同耕作
和落日一起回家，麦子或者桑叶静候亲人
我们都不用追赶时间，多好
我们在田野的深处缓慢地打开一个季节

十亩之间，足够采桑的女子安放欢喜悲愁
安放不为人知的小小的秘密和爱情
我们都不用彼此算计，多好
我们在归途中的清谈有如袅袅的炊烟

十亩之间，粮草酒水充足
柴门虚掩，我已洒扫庭院迎候寻访

白鹅峡

你不能说我两手空空，我还有根
你不能说我两手空空，我还有没有
倒下的躯体；如果不会腐烂
永远不会倒下，我区别于沙漠的
死亡和那些，葱茏的生命

我所有的力量向下，但我却指向天空
并不愤怒。作为活着和移动着的
生命的背景，我的背景是河流和背对我
的人体。我高于岩石，低于云朵
俯视人间。作为死亡的标本
躯体就是墓碑。不用跪拜清扫。

我的背后还有寺庙、古刹。还有
群峰，长势良好的向日葵、车前草
庄稼。我也见过当年的炮火。
现在还有一颗子弹，长在我身体
的深处。现在，只有我还能
见证一条河流曾经被血洗燃烧

我碰伤过一条鱼。被另一棵树

爱过。现在，她陪我一起墓碑一样
站立。他们都说是两棵站着
死在河里的树。我们是一棵树
在水面以上分开，水面之下合拢

指向天空的，是我们永不放下
永远举起的手臂，和誓言

梓　坑

俊昆兄说：这里的每一棵树都这么直
比我们大学的树更直。可见这里的
土质和人心，可见这里的阳光和百姓
一对父女从山上荷柴而下。藤蔓
缠绕百年樟木。灶膛里的火，烧红了一块铁

从一座冬暖夏凉的土瓦房剪起。读到一封
革命年代的爱情书信。原稿遗失
转述者裤腿沾满泥巴、尘土，不善表达；
他托起锈迹斑斑的长铳，就是革命年代的红军
我们沉默，深信他的所言属实

从一条江河边的古驿道剪起。认读一段
字迹模糊已趋漫灭的桥碑碑文。码头消失
林立的古木茂盛完好，小满说
江心的石头让我想起三国；国歌，征辉兄，金朵儿
踩着一路落满的童话，把这封古道热肠的信
深情地唱起。我们，从一部古书的序言进入村庄

从一汪清澈的山泉水剪起。喝下一个个
清透肺腑的文字。肺腑里沾满的尘土消失

清池里的倒影可见今生前世。简心说
我们都来喝一口，一定可以写出最干净的文字
应该放一个木碗，或者瓢；清水是信

从一座依山傍河的古刹剪起。古刹的信
有太多无字的禅机。有太多的生灵
在此躲过劫难。落难的文人逆臣在此躲过
流浪无依的难民乞丐在此躲过，
被四处围追堵截的红军在此躲过
瑞林书记给我深情讲述了
这座古刹，观音殿渡人济难的传奇

从一对八旬老人古树下的清谈剪起。我们
白发鹤颜的遵贤前辈一上前，枫叶就开始婆娑
书信的扉页开始打开，村庄的秘密开始照亮
他们相信这个把诗稿一辈子背在肩上的老弟
去吧，就由你把梓坑古书的内容朗读给世人
并装订成册。上书四个字：上善若水。

从一碗清香四溢的珍珠粉剪起。她们个个
珠圆玉润。她们由水秀妹妹翻译成世界语言
入嘴即化。转寄万里之外的亲人
他们一一展卷阅读，连同信纸也
一一咽下。梓坑村，白鹅乡的珍珠粉
是滚动的乡愁……

在梓坑，我慢慢剪开
一只装满旧光阴的信封

陌　上

谁把那首尘封的诗

折叠成了层层的梯田

平静的水面隐藏了

所有有关春天的记忆

那只遗落的发夹

在温暖的树桩上沉睡了多久

远走的恋人

在高高的栏杆上

剪落了一朵枯萎的花

在一条江河上弹奏流转的韵律

在一条名叫东江的江河上，弹奏
流转的韵律。河岸有折叠的诗词歌赋
那些工整的俳句，一瓢一瓢舀起了江水
要在清风徐来的日子，和你对饮
或者等我把一身的尘埃洗净，把源头
的枯木取走，把走失在异国他乡的亲人
一一寻回，把伯牙的琴修复完好；
我们隔江对坐，对着拱桥上的炊烟
叙述一段过往旧事。河面平静，粼粼的
波光侧耳倾听，他们负责创设意境
和背景。当然，如果你能准确地记住
一缕波纹的位置，你会发现：它的消失
和呈现状态，不仅和风有关，甚至和
那些河岸上行走的快慢有关，和我们的
语速有关。当然，如果你只是一个过客
比如我，来不及俯身掬一捧清水；来不及
拜读安远各位贤才铭刻在河岸上的楹联赋文
权且喝一杯东江源头的泉流煮就的清茶
权且燃一炷能福祐江流所经之地生灵的香

权且借一缕沿枫林徐徐而来的秋风
来校对平仄，催熟稻谷，把乡音送达远方

围屋以及晾晒的族谱

我确信自己看到暗自移动的身影
雨水渗透到石头以下，在土地的深处
先祖们举着火把，一次次加热纵横交错
的水脉，血管；我确信这是散落在民间的
皇宫，君王和臣民撤退到光阴的背后
青砖红玛石上的铭文还聚敛着威严的目光

那些继续在围屋里居住的子民，被幽暗
的密室和锁包围。一个八岁的孩子怀抱更小
的孩子，她对进入围屋人群的好奇胜过围屋
每一间屋子的好奇。更小的孩子应该写入了
陈氏的族谱，它们被置放在高处，为保持
干燥，需要被过滤的阳光晾晒，上面应该有
陈朗庭的名字，每一块砖瓦，还保存他的气息

这座沉默的围屋，是陈朗庭用了八年的时光
写成的一部用以传承衣钵血脉的家族史

起伏的山峦绵延陡峭的传说

离开安远整整九天。每一天我记住一个山头
离开安远三百天。每一天我记住一棵树
我的祖辈，在三百年前从安远龙布迁徙到
于都的罗江松山下，再从松山下迁徙到莲花塘
我第一次来到安远，对面就是九龙山
我第一次来到安远，左边就是三百山

起伏的山峦绵延陡峭的传说，绵延
中断的血脉和远方的亲人。在这里，
我没有故事。三百年，确实相隔太久
进昌兄一一告知我们的传说，会不会关联到
我的先祖？从山里采来的菌菇汤会不会
关联到我的先祖？从树上摘下的果实会不会
关联到我的先祖？一口已不用来饮水的井
把所有的秘密和远近的山峦搬到井底的天空

我对着井底的天空一次次呼喊：安远，安远
请你把三百年前的故事重新一一回放

双　桥

一把钥匙，通过水面完成了
现实和梦幻的连接与吻合
它们随着镜头往前拉伸或者
往后撤退，人物与剧情因为有
这把方圆结合的钥匙做背景
可以不必有台词，也不必有冲突

石头和砖瓦不沾尘埃，主角
随时都在更换，而我的缺席
保持了我作为一名观者的纯洁性
对于桥上支付过门票的演员
需要的是你虚无的存在，只是
需要你的存在，进入可视的空间

所以随着水面的摇晃，我也无法
确定，我们的存在是虚构还是真实

迷　楼

一座楼，和君王有关
和一介布衣终身未嫁的女子有关
父母在，楼是她的青春
父母故，楼是她的夫君

曾经的胭脂与暗香隐藏起来
开启一扇木门，看不见人
但有摄走魂魄的眼神，听不到声音
但可以抚摸到凝固在空气里的弹唱

那些荡漾的水波，清澈的影子
让我有足够的时间去回忆一生的爱情

水　冢

这是最干净的埋葬。石棺压住了
一个一生未醒的梦。游走的水草
偶尔可以触摸到沉睡的身体，他们
形成新的契守和盟约，不存在腐烂

也不存在原谅。祭拜没有烟火
也无法燃烧，也没有足够的密度
托起沉重。那些散尽的钱物
有些塑成了面容慈悲的菩萨

我担心某一天太阳的热量会晒干
整个江南，水冢彻底地裸露于大地之上

白　驹

习惯每天截取时光为马
等到夜深人静再把它们放出来
毛发纯白、干净，目光澄澈；
在醒来之前，我也是骑马的
白衣少年；多好，访遍天下山川
去爱水边濯发弹琴的女子

我也相信所有的挽留是真诚的
所以，请原谅我醒来后所有的
孤独和拒绝，甚至对亲人的冷漠

礼　物

我还活着，还有希望和机会
去爱你。在凡俗的世间难以实现
那就像《霍乱时期的爱情》一样
到永远不去抵达任何港口海岸的
大海去。我把自己作为礼物
任你处置。或许某一天，我们
老得拥抱的力气也没有，可是啊
你的眼神，只有在凝视我的时候
还是那么清澈，那么干净

瓷　都 (组诗)

古　窑

请把我也放进古窑
和洁净的泥土、灵魂，一起烧成瓷。

相信转动的坯盘，不会停止。
远方的佳人，等到属于她的陶杯。
在古窑，我找不到一粒稻谷
却闻到了浓浓的麦香

那个聋哑的女艺人，以思考的状态
和一只瓷器的眼睛对话
所有的围观者，都在等待又一个生命的复活。

来，把你的手洗干净
在素坯上接受来自古窑神的祝祷。

浮　梁

浔阳到浮梁的距离，是那个

弹奏琵琶的歌女，独守空船的距离。

身着青衫的诗人，并不知道
疗伤的诗句，为浮梁的茶叶添了
一片红袖，一缕清香。那些
闻香而来的客商，精确地切割经典

琵琶走失，瓷器保有光洁的脸颊
柔滑的手指。依然风情万种。

瓷博馆

一切都是虚假的。

只有拉坯的年长朴素的艺人
在还原一个真实的世界
刚刚成型的碗一字摆开

相信泥土的碗允许我亲近。
相信朴素的艺人默许每一个人亲近。

我鲁莽的手指碰缺了一个深深的口
所有人注视着我
朴素的艺人也注视着我
他们表情惊愕。嗯。只有那个

戴眼镜的女孩，还在盯着转动的坯盘

她的表情是：整个世界只剩下，一只碗。

夏木塘（组诗）

木门或旧时光

所有的门窗还是旧门窗。
屋主搬离，新来的暂居者
表情各异。旧物真实的质感
替证词还原证词。在确信
门的背后没有时常割破手指的碎碗
（30 年前，妹妹被我打碎藏在
门背后的碗差点割断了两根手指）
没有逆光而看，有如蜷曲之蛇的草绳
（30 年前的冬天，一条乌龙蛇
蜷曲在木门背后的灶膛跟前
母亲认为是某个过世亲人的化身，但我
此后一看到蜷曲之物就会恐惧）
也没有仿佛人影晃动的蓑衣
（30 年前的雷雨之夜，母亲穿着
蓑衣出去寻找走失的牛，彻夜未归
我以为母亲回不来了，面对墙角
垂挂蓑衣之处，哭跪了一整夜……）

我安静之心，如落地的尘土。

遗弃或重生

村人遗弃村庄，有如我遗弃故乡。

无法移走的树木，房子
也许很快就会召回更早的魂魄。
而空心村，还是有如无窠鸟
荒败，了无踪迹。除了墓地
可以证明人烟，别无他物。

是要感谢外来的重建者
还是从口袋里一点一点地
重新掏出久违的乡愁？
那些重新获得生命的屋舍
举着可以照亮树叶小径的灯火

闲谈的诗人害怕自己的声音
会将它们熄灭。我低头沉默不语
是因为这些灯火，真的像极了
我罩上玻璃灯罩垂挂门前的小油灯

它可以略微地给从田野或者菜地
摇晃着摸黑回家的母亲，照亮一点点路。

旷野之花或错觉

那些在雨夜里盛开的旷野之花
一次次吸引我。最终义无反顾地
放下矜持。去拥抱低暗的天空下
哭泣的你。好吧，我承认我的无视
是有罪的。那么盛大而自由野性的美
独自凋零。匍匐的丘陵，在夜色下
因为你，一次又一次涌起巨大的浪潮。

而半夜醒来，我确实以为自己回到
三十多年前的老家。虫鸣更为低缓
楼板拆除，陡立的土墙更好地垂挂夜幕
我想敲门叫醒母亲，早些去菜地
我还想叫醒姐姐，走五里山路
好赶上 6 点上学的早班车
妹妹还小，她还可以多睡会

我还想要急迫地告诉祖母
一夜之间，我们房屋干净，装饰一新。

鸟鸣或清晨游荡的鸭子

和一位诗人一同早起，到村口

寻找那只叫得最欢的鸟。

它果然在村中央最高的树梢上。

那么骄傲，又那么快速地飞到伴侣身旁。

确实看到，鸣奏曲让墙角的野花

微微颤抖；确实看到，静止的云朵

分散开来，有如振翅飞翔的鸟。

而池塘，一只鸭子悠闲地上岸

它一点也不怕我们，在一片

清澈的倒影中走向我们的倒影

啄食落地的果实，打量我未能

及时吹散的哀愁。它多么像多年前

我在河边放养的鸭子，队伍走远

它也悠然地梳理自己的羽毛

不急于奔跑，也不急于向我问询。

夏虫咖啡馆或小舍夜话

从倒叙的角度来看，咖啡和照片

都发生了某种程度的溶解

光线低头沉思的姿势，进一步证实

我们暂时远离纷杂，靠近写生的静物。

而浪漫和谷物之间的距离与切换

需要的不是道路，而是柔软的回忆

三人席床而坐，聊至凌晨。

竹质的窗帘漏进星光，微弱的灯火。

多好。我们又回到属于我们的乡村。

洁白的被子就是一团燃烧的火焰。

哽咽或者欢笑，拧成柔韧有力的棕绳。

我们推想这所土砖房子的年龄

推想旧日的主人何去何从，推想

这间小舍，已经发生或者将来会发生

多少悲欢。好吧，沉默的小舍

你不能轻易地告知别人，我们的悲欢。

当我们和房子、时间一起进入黑暗

我们要做的是："怎样用黑暗焊住灵魂的银河。"

田间舟或春天的标点

作为田野里的一个标点

我更倾向于是一种哲学的表述与象征

它收集并埋藏人世巨大的悲伤

静止而漏风的船帆

从更高处固定容易吹散的诗句

烟囱一样的桅杆

独自演奏大海的潮落之音

因为仰望而形成一座虚空的花园

"蝴蝶从那里扑翅而出。"

这个春天自由的标点

移动着我储蓄了一个冬天的爱恋。

它们高于清澈的山水，低于

云朵。要感谢它

治愈了我经年郁结的乡愁。

当然，明净的眼眸在雨后的村庄

更是过滤出散落田野的翡翠

从某种静止的角度看

那么多无关紧要的逗留

都会在辽阔的时空里指认家园。

土坯砖或倒悬的酒杯

"无人再从大地和黏土捏出我们。"

土坯砖堆积起一座直立的悬崖

（这需要非常高超的堆砌技术

小杨告诉我们，这土坯房子有一百多年

的历史，我故土两百多年居住了

近二十代人的土坯房子，去年倒了）

谷底之音原始而空旷。垂挂而下
的酒杯，已经倒空了天空的雨水
（小杨告诉我们，这个酒杯可以装下
两整瓶的红酒，它是玻璃的，也可以
装进围着它所有人的身影，我做铁匠
每天喝两斤米烧的表爷，锻打过
一只巨大的铁质酒杯。他的家人
听从遗愿，用它来盛装他的骨灰）
可以开始你的倾诉或者弹唱了
坚硬的钢板，横空伸出手臂

"它举着原始之光忽明忽暗。"

瓦片或重金属

几乎找不到烧制瓦片的火窑了。
也难以找到更多的同伴，去替补
屋顶的碎裂。而在远处的夕阳之下
它们犹如闪耀光芒的重金属
随时能随风响起雄浑的乐章
当然，始料未及的狂风也会强行
将它们带往低处，甚至土地的深处
这散落嵌入土地，以土地为屋顶的瓦片

"如同一枚枚戒指，插在窑口的花瓶里；

而对着窗户的天空，也是裸露的。"

重　返

似乎熟知的竹林山野已无秘境
重新来过一遍的农事
可以往前无限地追溯，往后无限地
延伸。不，一切并不如此
就像又一次栽入泥土的秧苗
并不是简单地重新来过一次生长
我们也不是在一块开垦出的荒地里
又一次简单地完成某种仪式
还有巨大的未知隐藏在看见和
看不见的微小之中。比如
这些蜂拥而至的牛虻，在我们
离开之后，重新返回草丛
又重新紧紧咬住新的移动的物体
也是必然的。就像我们重新
回到旧有的生活，发现新的光亮。

夏木塘

在一扇木门上，看到铜刻的名字
考取了全省的探花。村庄屋舍整洁
疏落。它让我想起一个古朴的

年代，或者一本线装的《诗经》
在夏木塘，我熟悉路径多于村民
对于陌生的人群，他们神色从容淡然
但慷慨地在大雨里开足柴油机的马力
在溪流里，为姑娘洗净裤腿的泥土
那个年近九十的老人，为我们
清扫好地面，隐身于灯光微弱之处
慈祥地聆听我们朗诵稻田和夜色
我哽咽地读到某个颤抖的细节

有如这个老人微微颤抖的手和肩膀
它们在努力地让身体和整个世界，保持平衡。

老城的一些事物（组诗）

古城墙上的一只鸟

我和这只鸟的相遇
再次证明了偶然的力量
它在砖缝里
在枯萎的草根上寻找粮食和文字

树枝与城墙的距离
隔着一线深远的天
隔着一只鸟的翅膀
隔着错过一生的等待

围墙上的画

赣州所有的围墙
似乎都画上了山水
那种黑白分明的山水
树木和房子还有河流
以不同的方式存在

牧童可以在繁华的街上

放牧田野乡村

我和挚友老彭还有秀全

在某一个夜晚，餐馆都已打烊的夜晚

在老师院的围墙外来回徘徊

老彭聊起大学的绘画生涯

他对围墙上的画很不满意

我们于是以画为酒愤世嫉俗

等到冷风吹起醉意蒙眬

我们就在围墙上的山水下，匆匆作别

画上的月亮特别白净

小船上的姑娘含情脉脉

我沿着围墙回家

沿着一路的山山水水

仿佛老家的门，就在跟前

老街的一棵树

老街的一棵树

枯死的枝丫

在这个温暖的春天

重新生长出绿色的嫩芽

四处流淌的雨水
默默地亲吻埋在地里的根
默默地述说又一个古老的寓言
城墙上的那朵花
依然如期开放如期凋零

只是没有再能听见
那一声，温暖熟悉的问候
那么多过往的行人
都与这棵树无关

古　城

节日来临
寂寞已久的古城
开始接受各种繁密的抚摸
脱落的胭脂和头发
弥漫着一种迷人的香

茫然失措的过客
请你耐心地听我
弹奏一曲
只为你最后弹奏一曲
忧伤而音色纯美的琵琶

青年路上的银杏树

霜降天晴的日子

阳光落在银杏树上

落在青年路的银杏树上

匆忙又轻轻缓慢下来的脚步

在某个瞬间

找到了行走的节奏

温度恰到好处

街口吹来的风也正好

让一片沾着脚印的银杏叶

转一个身

再过一个夜晚

它就要离开

这一树一树金黄的银杏叶

都会和繁华告别

和坐在树下的老人告别

和那盏灯告别

我每天都要从青年路上走过

我没有发现它们

一直没有

是一个路过的女孩说

这银杏叶真美

我和很多的路人一起停下脚步

我也不知道
是在看人
还是在看一树
正在舞蹈的叶子

客　栈

你醒了。可是忘记身在何处。
石板上传来的足音有如故乡的山谷。
身边应有佳人。可惜没有。
应该深夜在某个酒吧沉醉。也没有。
可是因为有扶住门框的背影，
因为有木质纹理的床和恋人的名字，
你在一个遥远的客栈里用一个梦境，
虚构了一生中最纯真浪漫的爱情。

到南方的一座海岛上安放
一个漂泊的灵魂 (组诗)

一碗老爸茶，不仅送走落日也送走苍凉

它们逐渐隐退到巷子深处
但不会消失，有别于高楼并远离现代
它们是城市光滑皮肤上的斑点，黑痣
那些被海风吹裂的手，和一碗碗的
茶水一起，端住了近千年的时光

出海前喝一碗，九死一生后
再喝一碗。喝到落日在碗底消失
喝到茶树的叶子只剩骨架身体透明
就可以平静地告诉来去自由的
茶客：阿海不能再来喝老爸茶了

阿牛也去了海底看望祖先
有人唏嘘：唉，房子好几套
存款够下辈子用，还出海干吗哩？
还出海干吗哩？老爸茶在
各自的肚子里默默地翻滚

谁家里都有上千块一斤的茶

可还是要喝一碗，老爸茶
不仅送走落日，也送走苍凉

在儋州，把晾干的海水和诗句交给候鸟

热带的暖风。棕榈树。一片海。
承载无尽蔚蓝情思。每一个儋州人
都在这座城市找到了幸福。蓝天白云
海岸沙滩所能赐予的澄澈质感，每天都
俯身即得。在早晨太阳出山之前
用端午的海水擦洗眼睛、身体，疗治百病

再把海水晾干，把诗句晾干
交给候鸟。带到北方的雪山和草原
那里需要没有杂质的盐巴，需要
没有水分的诗句和饱经风霜的诗人
而候鸟带回来的，是更多的候鸟
更多的诗句。盐。铁。诗句。

它们成为这座城市的符号、筋骨，等待
更多的阳光翻晒，更烈的火燃烧锻造

到南方的一座海岛上安放一个漂泊的灵魂

到南方的一座海岛上安放一个漂泊的灵魂
没有更南端的地方可以放逐了。"一在天之涯
一在海之角；生而影不与吾形相依，死而
魂不与吾梦相接。吾实为之，其又何尤！
彼苍者天，曷其有极！"在这块刻写"海角
天涯"的崖石下，诵读一段椎心泣血的碑文

现在，这个叫十二郎的韩老成可以在这里
安息了。他可以自豪地叫上亲如兄弟的韩愈
到这个已如仙境的岛国，过一过神仙的日子
用最干净的水洗浴结垢的身体，用最纯蓝的
天空做你的睡床，用四季温暖如春的风吹拂你
进入舒适甜美的梦乡：听韩湘子脱俗的笛曲。

让东坡把父亲兄弟也叫来，把八大家都叫来
把天下所有的文人墨客都叫来，没有哪个地方
比这里更适合一起朗读海子，一起朗读：
面朝大海，春暖花开。没有哪个地方可以更好地
安放漂泊的灵魂，没有哪个地方可以
更快地让流浪的人把这里当作自己的故乡。

走，到南方的这座海岛上去，去安放
一颗千疮百孔的心，一个寻找皈依的魂魄

星辰隐退的时候, 一座城市和
芙蓉醒来 (组诗)

月亮升起, 一个美人沐浴而归

月亮升起, 一个美人沐浴而归
裙裾轻吻落蕊, 长发遮掩了背后的
群山。此时, 这个美人是从《诗经》里
走出来的: 月出皎兮, 佼人僚兮……

那个诵明月之诗的谪居者呢, 此时
他的扁舟应该有歌声, 有一只从远处
飞来的仙鹤。他们目送沐浴的美人
远去之后, 开始谈论万物, 永恒和虚无

而草堂还是完好的。他多么安静。
眉毛安稳地托住月光, 托住一段婀娜
已摄走无数魂魄的身体。他只在
目睹一个诗人混浊的泪水时, 才略有所动

而侍坐的弟子们, 身着春服
也刚刚从沂水沐浴而归, 在风里舞蹈

歌咏。此时，他们和月亮的距离，和美人
的距离，和一座城市的距离，恰到好处

星辰隐退的时候，一座城市和芙蓉醒来

星辰隐退的时候，一座城市和他的恋人
一同醒来。他们还保持拥抱缱绻亲吻的姿势
红晕还未消退，而彼此含情脉脉的对视依然
可以荡漾一汪清水。醒来的芙蓉还迷醉在爱情里。

不必着急地梳洗，还可以慵懒地闭一会眼睛
还可以把身子，继续蜷缩在这座城市的怀抱里
听一听舒缓而富有节奏的心跳，在曙光
到来之前，再温习一次温暖的拥抱和对白

这样，所有来到这座城市的人，都会慢下
脚步，再慢下脚步。他们感受到的幸福
会在一首悠缓的民谣里，重新拍打熟悉的
节奏。那些隐退的星辰，在每一片花瓣上闪耀

而我们，从千里之外来到这里
就是负责收集这些花瓣上的星光

在一颗露珠中见到光芒与一朵花的一生

在一颗露珠中见到光芒与一朵花的一生
相比芙蓉，一颗露珠将消失得更快
相比光芒，一朵花的一生更为短暂

可是，这转瞬即逝的盛开与凋谢
越来越接近一颗心脏，越来越接近
一个漂泊的魂魄；这里，也就是故乡

在这里，看一个诗人的背影渐渐远去
在这里，看一把羽扇轻轻摇落一颗泪珠
在这里，看一片落叶将一封情书带到江河

在这里，看到一朵花
重新回到月光和一颗露珠里面

血 脉

通过围屋、方言、习俗、使用的器物，
确认客家的血统、血脉，是否纯正、久远。
围屋成了参观场所，习俗和器物
逐渐消失。我的孩子们，现在
也只能说一口南方口音的普通话
祭拜祖先，我真的担心地下的亲人
能不能听懂，或者接受他们拒绝同化的语言

柴斧，木犁，镰刀，簸箕，石磨，秧马；
越来越多的时间，在梦里对话。
母亲使用过的小筐篮，不知所终。
她在奢华的商场清理各类脚印，一开口
满嘴的客家话，地道的、乡土化的客家话
聆听者不知所言。所以大多时间
母亲戴着口罩。脸小，只剩下四处搜寻的
眼睛。母亲说：我一眼就能认出你，是不是
客家人。我让母亲辨认，屡试不爽。

第二辑

乡野书

灯　光

每次夜晚开车经过南河桥
河面的灯光都和我一起飞翔
那些翅膀紧贴水面，紧贴我踩下
的油门，紧贴轮胎，紧贴呼啸而过
的风，紧贴一闪而过的念头和
逝去的亲人。而我亮起的车灯
也有如打开的翅膀，它们触及但
不伤害所有事物，而每次

我打开或者收起这些翅膀时
光明与黑暗就停留在一只按钮上

握紧一条河流

的确，我担心我的手掌
它会被凌厉的岩石，暗藏河底的铁
穿透。但我还是要紧紧地握住
这条被我和亲人遗忘的河流

握紧它，我的脉搏跳动得不仅更有
力量。而且融化寒冷和雪的速度
也将更快。我们都将更快地抵达
大地的心脏，洞悉大地的秘密

紧握一条河流，一切伤口
在忍耐中得以清洗并且修复

怀念一场雪

怀念一场雪，1988 年埋没膝盖的
那场雪。我们围坐在英语老师的火盆旁
听他用流畅的英文朗读一封外国朋友的信
木框的玻璃窗上，厚厚的冰凌和雪花
开始融化。我们没有听懂一句，但我们
和英语老师一样面色红润，一脸幸福

那是已近年关星期六的一场雪，张中坚
张年根，邹小青，彭宏运，叶勇青，邹金华
曾年英，张远山，还有我，还有我叫不出名字
的同学；我们都是配角，彭宏运的姐姐小云
才是主角，她来看望弟弟和母校，她被一场雪
一晚上淹没膝盖淹没大地的雪，阻隔了回家的路

她穿着竖领的风衣，围着雪白的围巾，多么
高贵。我们这群屁股坐不住三分钟的农村小屁孩
那么忘情地围坐在英语老师的火盆边听他朗诵
我们一个字也听不懂的外国朋友的来信。个个都像
绅士贵妇般优雅，全是因为淹没阻隔行程的
一场雪，因为一幅 29 年后依然不能忘记的纯美的雪

只是大雪融化之后，小云嫁给了一个姓杨的山林员

而我，一直怀念啊，1988 年的那一场诗意的雪

张楚的蒲公英

有如落雪，或者盐
在不同的器官里得以融化，比如
心脏、动脉，存在和消失都是必然的

这轻轻飞扬的花絮，安慰了
我那么漫长孤独的童年
她是我的初恋，可是被张楚夺走了

有什么办法呢？他也那么爱
在悲凉的人世，轻轻飞扬的蒲公英

做客记

三十年前的每个周末

我轮流去各个亲戚家做客

姑婆婆、大姑母、小姨……

去得最多次的是敬老院的外公那里

院子干净，梧桐花一朵一朵落下

我也习惯深夜听到不同的咳嗽

习惯看到外公孤身一人在田野间行走

多年之前，外公偷偷在我

盛满米饭的碗底里藏住的一条鱼

多么像多年之后，青山深深

遮住外公安静的棺木和身体

有 致 (组诗)

地表之下
——致 XB

地表之下隐藏我多年的情感。
一直涌动的青春。覆盖万里的青苔
积蓄了多年的雨水。遇到干旱
随时汇聚一条河流。当然
我还需要这么广阔的岩石

在万米的高空上向下俯视
你可以看见，那是我轮廓分明坚毅的脸庞。

黉 夜
——致 CX

这个时候，如果你也醒着
我们就继续给我们熟悉的河流
命取新的名词，或者打下新的木桩
或者去到某个更为安静的星空
那些长久，已长在树根里的回忆

就让它们继续向土地的更深处生长

而苍茫的夜色，
将会是一个更为巨大的容器

月光洒
　　　——致 LT

我在窗前数着雨滴
它们还保有冬天的寒冷
梦境里的月光在惆怅的退场时分
忘记了带走喝剩孤独的酒杯

你的回眸，穿过云层
终会在春天的某个时刻，点燃杜鹃。

灯　河
　　　——致 ZX

把幸福的灯笼全部点亮吧
摇曳的灯河让一座古老的城
更深地沉入历史。放心吧
你给我的那一树银花
不仅一直盛开，而且闪烁如星。

汾沮洳

——致 YH

汾河低湿之处，是羊蹄菜、泽泻草
更低处是云层背后微弱的星光
对于冥想，这些已经足够

我在洗净这些野菜的时候，你不要走远
读一首你写在竹简上的诗，知道吗
我有多想把每个字，再重新铭刻一遍。

一枚树叶的回声

——致 JL

那么微弱，这么轻地离开。
所有的声音和结局，
更多地凭借想象。
刚好经过并被覆盖的蚂蚁
听到的是巨大的雷鸣。
那么多不可知，
更让我不知从何开始。

"但我在我内部
有这世界的所有的梦想。"

花　园
——致 LL

在车站。雨停了。
我确信一种需要智慧与幽默对抗的美，
会缓解我一直枯燥不安的生活。
人群后于整齐的行道树撤退
油菜花盛开的季节即将到来，属于
可以无数次幻想，或者度过余生的小镇
有可能就在列车极速驶过之处

"我喜欢你们，真的喜欢"
——你把米沃什的花园，搬移到窗外。

梅花弄
——致 XH

每一朵梅花，白天打开幸福
夜晚关上忧愁。而花蕊
负责收集进入梦境的星光，灵感……

当你打开我这朵花朵时
你知道吗？除了我们共同酝酿
芬芳之外，还有无限的未来……

并相信，"蝴蝶就在珍贵的尘土中"

"而你和他们一起，随着旗帜般的太阳走向夜晚。"

看到几个幸福的人

在古船上晾满鱼干悠闲饮酒的人
是幸福的；在浮桥上能坐下来，欣赏
落日的人是幸福的；清扫春天落花树叶
的人是幸福的；那些风筝是幸福的……

它们就这么被紧紧地拽在孩子的手里
和春风，和那些不知疲倦的小腿一起奔跑
直到遇见炊烟，遇见云雀，遇见隐藏
起来的星辰。在夜幕降临之前，我要先

把这些幸福过滤清洗一遍，再一一储存

穿过一片田野

穿过一片田野，穿过一条叫洪水江的河流
就到了或者离开了村庄。这些从不遮掩
的田野，春天开满油菜花，夏天长满稻子
它们都不需要化妆，而且全靠它们
在我遇见熟悉与陌生的乡亲之前平复
某种紧张和不安。它们等同于我所有夜晚
安静的时间。所以在我离开的时候
因为有这些田野河流一路相送，不至于
突然割裂某种缘分而忍住不可抑止的悲伤

也可以在我停下脚步的时候，在我
身后有足够辽阔的背景，用以铺展一张信纸

我把星光磨成一根针

在我的梦里，祖母出现的次数最多，
手持针线缝补我们的衣物鞋袜的场景
次数最多。坐在星光灿烂的门槛上。

现在，我总是在星光灿烂的凌晨
醒来。我开始不舍得把那些旧物
舍弃。找不到针线，我想把星光
磨成一根针。缝补脱落的纽扣

缝补磨损的膝盖、肘腕，磨薄的
鞋底，磨破的袜子，磨旧的时光

缝补我所有想缝补的青春和裂缝
不必着急，距离天亮的时间还有很远

木槿花

完整地煎炒，掰碎了
做饺子馅，打汤，入嘴即化
只盛开一天。最好清晨
趁蚂蚁昆虫没来得及侵占，摘取

只盛开一天。任由你远处
观赏，上前抚弄；占为己有
花朵鲜艳，接近她不需要距离

接近她，也不需要付出
不需要承担任何责任、风险
可是她啊，只盛开一天。

草　帽

高考落榜的那年夏天，秧苗刚刚插好
菜地里的豆角，辣椒，黄瓜；已隔数日没有施肥浇水
它们和我一样模样丑陋，——落进父亲的草帽
黑白的电视上雪花点点人影晃动，母亲的抱怨和斥骂
准时准点又一次响起，父亲沉默地盯着草帽
盯着姿态各异等待翻炒的植物，盯着草帽磨损的边缘
探头探脑来回爬动的虫子，它一定是在豆角里感觉到
　危险

它现在还和草帽一起在我的梦里出现，悄悄地告诉我
要远离愤怒的声音和人群，学会和沉默的事物相处
比如植物或者植物编织成的事物，比如草帽
陪伴父亲一起风吹日晒却一直保持温顺和沉默
树荫下门槛边拿在手里扇风，当然要挡住刺伤肌肤的
毒辣的光，有时突然而至的雨，在某种程度上
它真的比我更懂得父亲，默默地消解一个男人的愤怒
　和沮丧

这个草帽什么时候终结自己的生命的？父亲在意
　过吗？
现在手臂弯曲手指弯曲的父亲，小脑逐渐萎缩的父亲

嘴角不太能控制悲喜和口水的父亲，会关心岭头上的
一位早出晚归戴着草帽腿始终弯曲的拾荒者的出没
父亲说他的草帽和自己的一模一样，父亲说这其实是
　他的
草帽，他会和草帽一起护佑安慰这个可怜的人的
这个拾荒者，半年前死在一条大路边

父亲告诉我：我死后，你要帮我找到那顶草帽

布谷鸟

必要的时候，我想把你藏在大衣的深处
春天可以来得更晚一点。枝头的雨滴
迟迟不肯落下，它在聆听山谷里落叶的
声响。确定可以拥有一个不被打扰的下午
确定随风而落的羽毛只是又一次偶然
布谷鸟，布谷鸟，我是不是更喜欢
看着你在雪地里沉默地衔走一片雪

蝴 蝶

真的，她美得让我心疼
这朵灵动的花朵，是唯一
能让庄子也心动的精灵
从来都保持一种安静和美
飞翔不会有声音，死后也
经络分明，不会腐烂

回想一下，我从来没有对
一只蝴蝶的活在意过
也没有对一只蝴蝶的死
产生过任何的恐惧
是的，我还在很小的时候
会去亲吻一只死亡的蝴蝶

死亡的蝴蝶也美得令人心疼
不忍安葬，她也从不需要安葬

夜光谣

向往所有美好的事物
特别是夜晚，背向星光和虚无
一直到内脏清奇的骨骼，都是透明的
无须转身，无须饮下一杯月色

如果石头愿意沉醉
愿意褪去最后一件薄衫
白云的深处就会有无数回眸

所有的心灯亮起
所有的红尘悄然隐退

乡野书

喜欢青与白组成的乡村

我可以在静止的水和天空上

种植隐藏了一个冬天的秘密

或者疼痛

禾苗一路撒下你甜蜜的微笑

或者忧愁

应该在月亮还未落山的清晨

带上稻草和秧马

弯下笔直的岁月

青青的竹做的筐子里

有滴水的青青的秧苗

白亮的水面上

有一只叫醒春天的百灵

我想告诉你

在外这么多年

我还是无法忘记你黑白分明的眼

你一弯腰一株一株植下的秧苗

你百灵一样的歌声

你起身时轻轻的

温柔的叹息

另一个自己

一直在完成另一个自己
他英俊高大强壮，举止优雅
谈吐幽默风趣。才华横溢
善解人意。和心仪之人居于

某个远离人世之所。居住
木质的房子，使用木质的长桌
睡散发松香木质的床。清晨
打开木质的窗户，看见

露珠从树叶上滑落，看见
一个像极了我的人，站在山顶

苍梧谣

和梧桐无关。内心的苍茫无处安放
那些层层叠叠的书开始学会疲倦，冷笑
愿意和我交谈的人越来越少。枯坐
俯瞰人群。在离云朵更近处索居
可以更好地接近苍梧之野，接近舜；
接近苍梧之山，接近南楚；接近先祖。
比梧桐的色泽更深，更辽阔。有如
落木重于落叶，荒漠大于原野；有如
雪白过霜，水在高处的坠落响于
在深处的喘息；有如我，会更爱一个
在遥远处无法接近的人，宁可承认
虚无，宁可在每一个夜晚孤独地醒来
宁可到无何有之乡的树下，虚度余生。

望 乡

如果哪一天，我成为一座雕塑
在异乡远眺故乡。我遗留的文字
四处漂泊，它们随风进入土地

还有我一直寄存于寺庙的袈裟
无人打理。那棵在一场雪冻里死去
的松木，枝叶落尽，没有支撑的

眺望，也无法阻止野径的荒芜
它一年一年地廋小下去，直到消失

四 月

临近春天的尾声，而我的青春
也走到岁月的尾声。桃花簌簌而落
沿河的芦苇不再轻易地折断腰杆
上山开始小心，落雨的颗粒越来越大
它们将细密的轻丝一节一节
自行斩断，在前赴后继的过程中又
自我碎裂。最后一场寒潮和春风
一起撤退，风筝降低高度并收起翅膀

四月，除去杂草的田野蓄满雨水
我们彼此满目含情，我们彼此相爱。

秘　密

视线无法抵达之处，暗藏的玄机
控制动作的角度，控制眼睛的亮度
泥土的松紧听从雨水，光，蚯蚓；一朵
花的密码一旦解开，它将彻底地交出自己

而火的内部还是火，树木的水分
挤干之后；它以停止生长的代价替
人间打开或者关闭生死的通道。门窗，房梁
铁轨之下的枕木，顶住了由外而内的挤压

此刻，你可以若无其事地转身离开

纸上的月光

文字逐一被月光照亮，只有
个别还在角落里熟睡，婴儿一样
安宁地熟睡。在有光的地方
有门在开启，有一朵花在盛开

这些，都经过霜降的露水清洗过
皱纹里，也已经没有尘埃、油渍
外婆死去多年，母亲在城市的山坡上
种植乡愁。我在纸上收集月光

我在纸上，寻找失散多年的羊群

山 行

我已习惯和群山对话，习惯
风吹枯草并在深夜代替亲人哭泣

背着晾干的柴木下山，背着碾去谷皮
的稻米上山；坐在一块平整的石头上擦汗

祖母说，这块石头你太祖爷爷坐过
他可以挑起两百斤的粮食一口气上山不放肩

祖母说，这苦楝树是你太祖奶奶种的
她可以躬身锄地一直到太阳落山不直腰

祖母说，和祖先们，和这些经过年月的
树木石头说说话，就是舒心省事得多啊

现在，我们和祭品一起坐在石头上
一路上已长满杂草和荆棘，祖母已去世多年

晨 祷

云雾越来越近，星空
越来越远。弥陀寺的钟声
顺着流水叩开一扇木门，一朵
莲花。所有的因缘沿路而返

此时，河面是安静的；远处的
塔，是安静的；更远处沉睡的墓碑，
是安静的；墓碑后面的霞光，
是安静的；落入尘土的泪水，

是安静的。那棵转身而去的树
在我的背后，开始呢喃细语
它们的声音和僧人的晨祷声一样

秋风辞

要到空阔的旷野里去和所有的芦苇开始虔诚地默念
劝人向善的经文；我相信
你们会比母亲的手更温柔地理顺
地面的杂草，云朵一样的羊群

也可以保证，落地的果实
不受损伤，吹散的蒲公英可以
回家；那些远走的亲人可以
各自收到问候并通过你们
将问候一一回复

椒　聊

花椒树盛开。孩子
从一扇木门鱼贯而出。
他们的母亲面色红润，乳汁
充足。怀里的婴儿还在酣睡。

庭院、鸡舍都已打扫干净。
桑果色泽鲜亮。汗珠
饱满。它们从壮实的胸膛逐一
滚落。太阳在后山升起。

听到生命拔节。听到
万物开始奏响天籁之曲。

落花生

收过了稻子插好了秧

就可以坐在树荫下

或者凉棚下

一边拉着家常

一边摘着沾着土块的花生

累了好几个月的牛安详地卧在树旁

慢慢地咀嚼青青的花生苗

灶里正煮着一大锅洗好的花生

过几天我就要回到在舅舅那读书的学校

姐姐也要外出学裁缝

妹妹开始喜欢用歪歪扭扭的字

抄写流行歌曲

那时我总也长不高

那时我在花生地里开始

莫名地忧伤

干 塘

六月，我在莲花盛开的荷塘上

总会想起

腊月阳光明媚的时候

家家户户都在干自家的池塘

他们有足够的时间

慢慢地一件一件地

脱去池塘的衣服

欣赏她柔软丰腴的身体

所有的人欢天喜地

所有的鱼欢蹦乱跳

隐藏在洞穴里的螃蟹与黄鳝

还是无法拒绝

一种储存已久四处弥漫的体香

它们主动地闻香而出

延续着年少青年的快乐和喜悦

田埂上的纷杂的脚印

开始盛上红色的酒汁

于是，静谧的村庄

开始叙述他冗长的过去

归　途

请让我带着疼痛离开

那棵挂在墙上的向日葵

会陪伴你一年四季地开放

放心吧，我已留下足够的粮食

还有照进屋子的阳光

不要再等待我的归来

生锈的铁轨不会再有那列

熟悉的火车驶过

当我找到那座长在额头的坟墓

倾盆而下的大雨

会把多年的血痕冲洗得

干干净净

不要再去辨识那条

我们在春天里无数次走过的路

从这里看过去

酒杯里的灯光摇曳多姿

我从来没有过这样地幸福

走吧，走吧

就这么一直流浪

我会在一条陌生的河流

看到所有熟悉的背影

平衡与坠落 （组诗）

落在树枝上的鸟

群鸟立于树枝，有如落叶
重新回到身体。我甚至还可以听见
风吹的沙沙声。水面逐渐下降
裸露的石头是一只只另一端
静坐的鸟。它们俯身低头
小心翼翼地保持，和人世间的平衡。

倒立练习

少年时代，海灯法师还活着。
每天热衷这位武术高僧的二指禅
倒立练习。从扶墙双手倒立
到单手身体悬空倒立，再到三指倒立
离二指禅只有一步之遥。法师圆寂。
然后我的武功退回到单掌倒立
再退回到双手扶墙倒立，退回到现在
一倒过来，整个世界摇摇晃晃。

夜深帖

又一次被梦境里的蛇咬醒。

洞穴不见了。腐烂的树根不见了。
高耸的悬崖不见了。蛇信子不见了。
我还在不断坠落之中
下沉的黑暗不断下沉，我明白
这是深夜。属于我的深夜。

我明白，天亮我会完好如初
但也会，越来越想躲开众人的目光。

心　魔

时刻想把心里住着的魔鬼驱赶掉。

但它已长成一棵树
根系伸进血管，心脏
已经无法拔除了。
只有砍掉长出外面的四肢了。

这棵树，戚夫人一样睁着空洞的眼睛。

秋千或峡谷

故乡荒芜了，秋千还在。
峡谷的风时常推它到一定的高度。

当年用活着的藤蔓
做秋千的绳子是对的
当年用死去的松木
做秋千的坐板也是对的

有它陪着我长眠地下的亲人
胜过一年一次的拔除荒草和探望

平衡术

替悬崖上走钢丝的人担心是多余的。
但我还是时刻揪着一颗心
所有悬空之处，我都手脚并用
在一个很小的坡面上
我的脚踝还是侧歪崴伤了

跳跃于树木之间并短暂地垂挂
于树枝的松鼠，发现了我失衡的处境。

缝　隙

在巨大的山石中间裂开一道缝隙。
这是一道永远无法缝合的伤口。
我相信，也是神的旨意。
什么时候裂开的，怎么裂开的？
会不会在神秘的力量下合上这道裂缝
并突然将我们永远压在里面
像巨石压住言语，以百万年记。

二十多年前我来过这里，那时
我窃喜我的自由和光亮，此刻
我为自己对巨石的缝隙无能为力而哀伤

攀　爬

从一座孤独耸立的巨石内部攀爬。
子宫幽深，肠胃陡峭。
心脏因为分裂停止搏动
但所有器官坚硬且没有丝毫的腐烂。
我有些迷恋这种垂悬的感觉
屏住的喘息和不敢有一丝放松的手足
反而让我得到前所未有的平静

我脚下的万丈深渊，寸草不生。

秘　境

我们蚂蚁一样谨慎地搬运自己
警惕任何带有重量的事物
那些铭刻文字的砖石让我相信
只有草木，枯井的峰顶
确实有过浩大的屋宇。

而从峰顶搬迁到四方的文字
已成为一个个穷之不尽的秘境

暮　色

留给我静坐的时间确实有限。
因为落日并没有和我一同静坐。

所有的喧腾并不能改变任何东西
缓慢地接受暮色的结局。悲情的告白
紧随渐渐暗淡的光芒，未能得到任何回复。

你远道而来，我也未曾预料
我会一直，一直。沉默寡言。

落日辞

你坦荡得让我落泪
那些送别之语，已显得虚伪多余

那些赞美之词，也是匮乏无力。
对于我而言，他教会了我学会删除
和生命的下沉。你无法适应万丈光芒
就学会闭上眼睛。把身体下的阻隔之物
抽取掉；把山峰的边缘，海平线地平线
抽取掉；把事实和想象的悬崖、深渊
抽取掉；落日就成朝阳，死就是生……

那盏微弱的渔火，也是辉煌的落日。
那轮辉煌的落日，也是漂泊的渔火。

向日葵

在峰顶遇见你。
这也是在我少年时代唯一种活并收获
果实的花。细细的花秆似乎随时都会
断掉。但它一直没有断掉。从向日葵
开花到结成大大的果盘，从向日葵
随着太阳一直转动身子，从向日葵

沉甸甸地弯下身子……它的内部一定有
一根柔软但坚韧的钢丝，稳稳地抓牢土地。

它的内部，一定有暗自燃烧的火焰。

石鼓歌

金精洞也是一面巨大的石鼓。
击鼓人隐于尘土。应该有一个原始的部落
应该有一群腰系树叶，面涂树汁的人
他们跳着能踏响大地的野性舞蹈
滚落的汗珠就是夜色里的一颗颗星辰

"我确定山峦的声音，是我的"
我确定石鼓的声音，也是我的。

田　野

这些从不遮掩的田野
春天开满油菜花，夏天长满稻子
它们都不需要化妆，而且全靠它们
在我遇见熟悉与陌生的乡亲之前平复
某种紧张和不安。它们等同于我所有夜晚
安静的时间。所以在我离开的时候
因为有这些田野河流一路相送，不至于

突然割裂某种缘分而忍住不可抑止的悲伤

也可以在我停下脚步的时候，在我
身后有足够辽阔的背景，用以铺展一张信纸。

异 处（组诗）

候车室

凌晨一点，身旁一美女披头散发
她的酒气没有敌过强烈的灯光
挣脱的扣子滚落到我的脚下
来往的旅客都好奇地盯着我俩看

我的脸红一阵，白一阵。
走也不是，留也不是。

第五大道

暴雨突至。灯光照射到对面路边
一对疯狂拥抱接吻的情侣
还有 52 秒时间的红灯，我一时
竟忘记采取必要的措施
比如关掉车灯，或者扭到近光灯

等到他们扭过头来看我
我好像是一个急于离开现场的逃犯

客 厅

深夜内急上厕所。打开客厅的灯
两只蝴蝶在布艺沙发上叠加在一起。

我转而来到久已不去的卧室
从后面抱住已经熟睡的妻子

青云寺

细雨蒙蒙的春夜
青云寺的放生池里
蛇与蛇抱成了大大的夜明珠
青蛙和青蛙层层叠叠
堆成了有点倾斜的舍利塔

生活书 (组诗)

买鱼记

在一条巷子里买河鱼干
我们叫沙沟子。他从大湖江来
向我保证每一条沙沟子捉来
都是活的，用柴火烤干

他神情淡定，不讲一分价钱。
也不像浮桥上的渔民衣着脏乱
烘干的鱼也没有一点杂质尘土
他说卖鱼的簸箕是自己编织的
他说吃了我的沙沟子你就不会嫌贵了

我特意把油腻的锅彻底地清洗干净
把厨房也整理干净，锅铲、盘子清洗干净
妻子和儿子都在客厅里喊：
什么鱼，这么香？

好几天，好几十天
没有见着这个卖沙沟子，干净的老人。

那些鱼，日子久了
总会一条一条浮上河面

养蚕记

因为不忍心看着活活的生命无辜地死去
我每天做贼一样偷偷溜进不同的小区
寻找桑树。这些桑树在《诗经》里
随处可见，城市里却难以寻觅
每天清理蚕盒子，都有死去的伙伴。
我要把它们和枯萎细碎的桑叶一起倒掉
儿子大声哭喊着：不要！他用糖纸

一只一只轻轻地裹好，排成一排
看上去像是一颗颗用作奖赏的糖果

旧屋檐

在郁孤台古城区，抬头还可以看到
很多旧屋檐。朱坚兄弟就沉迷于旧的事物
他指着天井：这个至少应该有五百年
他指着墙上的一块砖：这个至少八百年
他指着屋檐上的天空，没有说话。

山顶上清朝建的祖堂倒了
屋檐埋于荒草。我坐在上面

仿佛回到了多年之前，坐在屋檐上
去拔干净瓦缝里丰茂的野草

马祖岩夜谈

我们的夜谈从浮桥转移到马祖岩
灯火也从江面转移到了脚下

这感觉真好。这很容易让我忽略自己的身高
我也为今日苦恼于一把钥匙的丢失
而羞愧。车子没有钥匙开不走有什么呢？
没有赶上一场宴会有什么呢？
一篇又一篇诗稿石沉大海，有什么呢？

水流转移到山顶就是清风
资溪的秧苗、篝火、树木，跟随我们
转移到了更高、更为辽阔的地带

花椒叶

一片花椒叶裹住的鱼和骨头，各取所需
鱼的香更香，骨头的白更白

某种程度上，它减缓了我内心的悲伤
有如故乡荒芜的梯田，从远处看
被芦苇的叶子裹住，参差的草木裹住
让我还能够回忆起从前，心生留恋
有如一条应改造正在废弃之中的街道
从低处看，被一片水分渐失的梧桐叶
裹住，一扇油漆脱落的卷闸门裹住

那些消失的人群，原来真的可以
说来就来，说走就走

草　籽

掉落的草籽在门口的尘土中发芽
一个多么孤独安静的女人。可以经年
闭门不出，可以终日合目静坐
她不读佛经，也有别于妙玉
她贪恋红尘，比如多年前的一场情事
似乎就足够送走无数个落日与黄昏
她也不读杂书，不看电视
线装的古书上偶尔落上一丝白发

用旧的陶罐在炭火熄灭时
却突然烫伤一只不明就里的蝴蝶

秧 马

房子倒塌的时候，一只秧马落下
它和砖瓦、房梁、木椽一起四分五裂

它残缺的肢体上还绑着祖母系的红绳子
断裂的秧板还有一半保持挺直，一半
保持弯曲；它被搁置在阁楼的杂物间
有二十多年了吧？祖母过世后，我应该
还用过它。是的，临时拿它作板凳使用
我还说过：坐着它，怎么感觉坐在稻田里
妻子抱着女儿，母亲织着毛衣
父亲劈着柴火，偶尔加些木炭
炭火上架着锅，锅里铺着薄薄的香油
香油上慢慢地煎着新年打好的糯米糍粑
秧马发出吱吱的响声，爷爷修理过它的一条腿
太祖母，祖母，母亲，姐姐，我……都坐过它

在月色和晨曦里拔过一茬一茬的秧苗
现在，我没有想过它会和倒塌的房子

一起突然落下。正如我没有想到一直健壮
的父亲突然中风，关系和谐的夫妇突然
分离，母亲一直笔直的腰杆突然弯曲

年年团聚一起的家，突然和落地的秧马一样
四分五裂。是的，在这只断裂的秧马面前

我突然直不起腰，突然想——痛哭一场

时间的隐喻

一个兄弟拿出一块砖
告诉我这是一块隋唐的墓砖
在宋朝，赣州修古城墙有一半的砖
是墓砖。这么看来，时间
也可以随同不易腐烂的事物
一起深埋，一起封存。也确实
可以隐喻一个完整的朝代
更不用说我们短促而苍茫的一生。

对答：马灯与蓑衣

三十年前，母亲每个夜晚
提着马灯在秧田、菜地、机耕道
捕捉隐藏的昆虫，守住白日里守不住的
溪水。母亲也经常穿上蓑衣
在滂沱大雨里，扶着摇晃的犁铧

我负责倾斜的炊烟及时在瓦片上

现身。它们替我告知母亲
相关农事的节点，太阳的升落

有一个夜晚，雷电交加
马灯和蓑衣随同母亲整夜未归
他们一起到深山里寻找一头走失的牛
我承认我的哭声比雷声大，泪水
比雨水多。我承认那一个晚上
我对着苍天磕破了头
冲进深黑的雨夜边缘，就魂飞魄散
一身泥水地回到茅草屋。
我承认凌晨时分开始由祈祷变成
哭悼

是的，空空的墙壁挂上了纸做的蓑衣。

母亲披着蓑衣，牵着瘸腿的耕牛
提着玻璃碎裂的马灯回到了家
啊，她那么平静。仿佛什么也没有发生。
生火，做饭，让我睡到雷声和雨水停止。

是的，我承认在许多纪念馆里
看到红军穿过的蓑衣用过的马灯
就会想到母亲，想到漫长的夜晚
我甚至会有一种错觉：母亲就在蓑衣里面。

我所不知道的是：它们替我们的先人
抵挡了无数的黑夜和风雨。

第三辑

逝　水

暮　晚

稻子收完了。一起身
一头挑起落日，一头挑起粮食；
田埂的平坦与坑洼决定平衡。
逐渐暗淡的光线，正好可以减缓
肩膀的负重和疼痛。回家的路
正好等于太阳落山的距离
越来越低的云层等你离开时
缓慢地覆盖住田野、河流、山峦

舀起一大瓢水，一口气
把整个摇晃的穹庐喝个底朝天

秋　意

路过橘子洲，那首词里的事物
有些消失，其他成为辽阔的背景
阿舟兄告诉我，到了十月
你就能感受整个长沙的秋意
我告诉学生，因为一首词
橘子洲是秋意最深最浓的地方

走到这个巨大的伟人雕塑对面
我才发现，最深最浓的秋意
是这个伟人的长发和眼神

蔷 薇

就这么一直忽略你到中年
在路边，在山脚，在灌木丛
有时因为划破我本已破旧的衣裤
我砍落那些毫无防备的手臂
有些蜂蝶追随我到月亮升起

一千五百万年是多久
可以确定的是，你完好地
变成一块化石后，正面和背面
都是和你一样沉默但坚硬无比的
事物。在你开口吐露芬芳和爱情时

你目睹事物被事物掩埋
你不说爱，也不说不爱。

苹　果

他一定舍不得吃，而送给一个人
也积蓄了多个时日的力量。他一定
也没有看到这两个果实内部的腐烂
有如我多年以前，一直不舍得吃
父亲从外地带回给我的两个桃子
它们腐烂在我的书包里
让我一直认为自己是个罪人

碗 莲

植物也有洁癖，比如碗莲
她真的只需要清水，甚至清水
也不要。开始相信那个餐风饮露的
姑射山上的神人，冰雪肌肤，不沾尘俗。

你忍心安放她的瓷器有污渍吗？
根茎和叶片可以折射光。折射你
若有若无的哀愁。开始相信
是一缕烟，在缓缓生长

是两颗眸子，嵌在婴儿的眼里。

逝 水

那条叫洪水江的河流
管不住每年端午的雨水
也管不住一场突如而来的大雪
它消逝于一片辽阔的汪洋和雪原
有如我消逝于人海，消逝于
我根本无法掀起波澜而苍茫的岁月

请原谅我

请原谅我，在风暴里失魂落魄
在风暴里丢下镰刀和稻谷
请原谅我，只抱住一棵大树
在河流里忘记了回家，忘记了故乡

请原谅我无法阻止你的愤怒
请原谅我，与黑暗一起在村庄下沉
与呼啸而过的飓风一起在大地上升

我热爱草木胜过热爱人世

是的，越来越感觉到
和草木相处，远比和人相处
自在。它们沉默，不让我
难堪，它们只负责倾听

它们既不假装欢喜，也不
嫌弃。抱着一棵树狂笑或者
痛哭，它都只负责稳固地站立
落叶或者松针听从我，摇晃的力度

是的，和草木待在一起
既不会过于空旷荒凉，也不会
喧闹不安；甚至可以忘记
词语。忘记爱我或不爱我的亲人

等到我的肤色和草木的肤色一样
我将彻底地热爱草木胜过热爱人世

光　芒（组诗）

在孤独的时候剥开一颗谷粒

稻谷还在晒坪上，父亲又远走他乡
母亲已多年杳无音信，孤独的时候
剥开一颗谷粒，再剥开一颗谷粒
我把他们一个个放出来，跟我玩耍

当数量越来越多，我要操心的事也就
越来越多。个别不太听话的，我把他放回
谷壳里。过一会，再放出来；他就乖巧多啦
我喜欢他们纯净洁白的样子，乖顺的样子

他们一切都顺从我，如同我顺从
所有的分离，所有的安排；定期写信
给父亲，不去抱怨"走失"的母亲
给瘫痪在床的奶奶及时翻身，驱赶蚊虫

给妹妹梳好头发，给菜地浇水
看着碾米机一件件粉碎谷粒的衣裳
我就尽量啊，减少脚步和扁担的摇晃

让我的一个个谷粒兄弟们再减少些疼痛

对于那些剥好还未粉碎的谷壳
我再轮流给每一颗谷粒穿一次衣服

灶膛的火苗始终是一束燃烧的花

劈好的木柴在灶里燃烧，火苗始终
是一束花。每天盛开三次，每次
盛开，果实成熟一次，弥漫不同的香

父亲早已在墙根垒满柴垛，每一根木柴的
纹理清楚。它和我书写的笔画一样清晰有力
而冬天，奶奶已习惯身子几乎贴近火苗

这样，我因想念亲人而心生的悲伤
就会减轻很多。在花朵燃烧的过程中
木窗之外的夜空和山路一次次被照亮

这样，父亲哪一天天擦黑回家
就可以提前将冰冷和悬着的心回暖，放下

凌晨，我始终把启明星当作我的亲人

凌晨，下山。途经爷爷住过的坍塌的房屋

途经爷爷的墓地。看不见露珠，但它们很快
沾湿我膝盖上下的衣物。启明星在正前方闪烁
有如我的亲人，陪在身边，始终安慰我：不要害怕。

一直陪我抵达村庄，抵达乡镇，抵达
初一（1）班的教室。历时 3 小时，行程 25 华里
抵达的时候，晨读的铃声还未响起
启明星慢慢隐退，太阳慢慢升起，裤腿上的露珠

全部隐藏，他们要等到第二天再及时出现
他们都是我和妹妹的亲人。妹妹不能上学，也
不能照顾奶奶，妹妹的头发一直需要我来梳理
妹妹见到亲人，见到月亮，见到启明星

才会露出和发出只有我们才懂的微笑，声音
回去时，启明星告诉我：奶奶和妹妹都很安静
他们都很安好，一切也都很安好。

香樟花（组诗）

在一棵香樟树下仰望星光

在一棵香樟树下，等一个多年不见的
故人。刻写树身上的字向外生长
鸟鸣声隐藏得更深，但我知道
它的伴侣也还在路上，孩子们各自成家

请原谅我的少不更事。原谅我
在你身上钉的钉子：挂书包、辣椒、玉米……
在你的臂膀上，垂挂秋千，荡到
高举的手碰到一片树叶，我们的欢叫声

同时惊醒了一朵白云，一颗安睡的露珠
此刻，在一棵香樟树下仰望星光
而我的故人，是不是还在落满星光的路上

隔一盏灯闻香樟花

这对比邻而居的恋人
已有各自的店铺，各自的亲人

几十年，或者更久的时光，未言一字

这个刚刚怀春的女子
在春天的拐角处，发现临窗静坐的少年
发现香樟花，开得特别慢

香樟花，在春夏开花
在霜雪的日子里，隔着一盏灯闻她的香

以一朵香樟花作为信的结尾

以一朵香樟花作为信的结尾
寄给你，寄给一个叫防里的村庄
寄给时光。寄给树荫下的一块石头。

现在依然比邻而居的两块石碑
终于可以啊，把落满一身的香樟花
码成一个个文字，落叶成为不同的标点

而作为信使的香樟树，它必须永远地活着

车前花

五月，车前花在石板上枯萎

五月，车前花在一个粽子里盛开

粽子怎么遗落在一片瓦砾里

粽子怎么成了车前花的养料和粮食

这可能要问问一夜冲走墙角蔷薇的雨水

要问问那个打着雨伞行走匆忙的姑娘

所以这朵车前花开得特别饱满艳丽

我不敢确定今晚你会不会熏一熏艾叶

姐姐在十年前这个时候，一晚要包九百多个粽子

九百多个粽子都盛开一朵车前花

北京丰城区的那条还未改造的街道

会排满更多买粽子的人，他们花一块钱买走屈原

五月，一个粽子盛开了一朵车前花

它恰到好处地装饰了一片荒凉

我试着和海子一样走进瓦砾对面的酒楼

和老板说，给我一杯酒，我为你们念一首诗

老板的脸色和粽子一样

五月，一个粽子盛开了一朵车前花

我希望哪一天我在坟墓里
它能在我冰冷的心口盛开

油菜花,油菜花

我想，油菜花应该是春天
也是村庄的一条裙子
所有村庄的女人，包括那些
已经忘记直腰忘记微笑的女人
也会到，一夜开放的油菜花地里
想一想，所有与忙碌无关的事
油菜还没有结籽
田埂上的草还刚刚长出
被窝里的男人也要睡到很晚才起
现在，可以把脸好好地贴近油菜花
闻一闻，春天的味道
闻一闻，那些被岁月偷走的爱情
那时，我还那么小
还没有油菜花那么高
却被油菜花抚摸得心慌慌的
到现在，我都有些害怕走进你
油菜花，油菜花
我害怕我会哭
我害怕等到地老天荒
也走不到你的心脏

所 见

清晨，她在城市的山坡上
清理荒草，搬移一个蚂蚁窝；
松土，起垄，挖穴，埋种；
太阳越过楼顶时扛起锄头。

路过南河桥。路过天虹。
路过格兰云天。路过她清理
到夜晚 10 点的地面。路过
人群。减缓行驶的速度，见到

那些走进天虹商场的鞋，不要太脏。
见到那块石头，在夕阳降落时升起。

母亲的菜地

母亲已经 69 岁

母亲还在各个酒店里

低眉顺眼地洗着蔬菜、剥着葱蒜

洗着油腻腻的碗

抹着油腻腻的桌子

在黑暗的屋子里折叠

别人丢弃的纸壳

在城市荒芜的角落

又干又硬的土地上种植蔬菜

菜叶落满灰尘

辣椒指向天空

母亲要去很远的地方挑井水

疲惫的母亲骨瘦如柴的母亲啊

摇摇晃晃地在早晚的空隙里

给这些生长缓慢的蔬菜们

送去水和粮食

傍晚的夕阳洗红了

母亲的脊背和头发

没有谁能劝住母亲

她要给没有成家的小儿子

我的弟弟成家

行动迟缓的父亲
慈和乖顺地站在母亲菜地的边上
看着一个个瘦硬的母亲
艰难地在土地上生长

人世是你握在手中的一只酒杯

荷叶是你手中的一只酒杯
落下的雨便是琼浆玉液
天下的江河湖海都可以纵情豪饮
醒来又把星光，一饮而尽

群峰是你手中的一只酒杯
吹过的风便是稻浪金谷
大地的纵横起伏都可以交错酝酿
远走他乡，就把背影留在山巅

苍穹是你手中的一只酒杯
闪过的雷霆便是酒醴曲糵
出没穿行的日月可以用来佐酒
入睡前，抱着他们，朝着父母墓地的方向

亭阁是你手中的一只酒杯
弥漫的雾便是仙境岛国
林霏岩穴，野芳佳木，山肴野蔌
苍颜白发，颓然其间，谁识我是太守
还是山野村夫

泊舟是你手中的一只酒杯
飘散的烟便是萦绕的故乡
应该怎样去握着这只行走或者停泊的
酒杯，它又是怎样把你的五脏六腑
左右摇晃

人世啊，是你握在手中的一只酒杯
降临的霜雪便是落入杯底的鬓发
哪根离我更近，哪根又离我更远

要费多大的力气端起，又要费多大的力气
才能放下

野有蔓草

我深夜弯腰而坐
在月色中和阳台的野蔓草
一起聊聊秋天，古老的房子
和一只悄悄前来打听爱情的蚂蚁

必须隐忍突如其来的悲伤或者幸福
你要理解一些事物的承受能力
比如这一小丛野蔓草
何时在废弃的瓦盆里生长，因我
在一个又一个深夜放弃睡眠

所以清晨露珠降临，古城上空的
月亮，每次悄然隐退，不会注意到
背后的一盆野蔓草，和
一双注视她的眼睛

山有扶苏

爱情长在树里，疼痛结为果实
扶苏开花，山谷落满松针
这时候只等一个素未谋面的人
把我带走，我会背过身去
不看他的面容，也不去打探他的身世

我关心他是否像树一样安静、沉默
像树一样把根暗暗地长进大地的心脏

江心记

两个巡江人从一幅水墨画里出来
他们又以快舟为笔，以晚霞为背景
在江心的水面上，一次次描绘下
分开又合拢，让岸边人惊呼不已的
画卷。我还是喜欢摄影里，清晰的倒影
明净的水花，生动而活现表情的细节
这个江面上打的逗号真好，省略的
文字，恰好是我多年想言未言的空白

山海经

想起小时候的村庄

那些春夏耕种、秋冬打猎的男人

他们轮廓分明，走路山一样响

拿海碗喝酒，笑起来地面抖好几下

他们谈论女人，孩子一样炫耀自己的爱情

扛起木头，扛起粮食，扛起山

扛起种满果树的院子

扛起一本缺页的《山海经》

扛起长满蒿草长满芦苇的河岸

扛起眼里流血筋骨断裂依然咆哮的豹子

当然也在月光下扛起一身柔软的女人

现在，这些男人有的在外流浪

有的佝偻着腰，有的埋在了土里

女人在尘土飞扬的路上生气地打骂孩子

偶尔出现的男人染着怪异的头发

一辆黑色的车飞驰而过

一条蛇横躺在长满铁线草的沟渠里

还好，所有的生命迹象

还或多或少地存在

柿子落在地上

柿子落在地上，草木将它们隐藏
摇晃和搜寻的人来自远方

柿子落在地上，坚硬和坚硬相互碰撞
它们纷纷碎裂骨肉分离

柿子落在地上，成群聚集结口的蚂蚁安好
它们咬住所有能够咬住的事物
它们肆无忌惮，已丧失对危险的防御

柿子落在地上，屋子的孤寡老人在给亲人
陌生的客人煮荷包蛋
一个人，与柿子相伴，与蔬菜瓜果相伴

柿子落在地上，它们即将和所有熟悉的事物告别

在丫山顶上听民间歌者弹唱

砌墙、刷墙、粉墙和音乐的节奏是有关系的

和深情沧桑的嗓音是有关系的

和持久的热情耐力是有关系的

和朴素的表达是有关系的

和山顶的老房子天空下怒放的花是有关系的

和静止的灯光驻足的游客是有关系的

和故乡的土地河流是有关系的

和黄昏落日是有关系的

和我脸上的皱纹鞋子上的尘土是有关系的

和分割好一节一节的漂泊是有关系的

和被纸糊住的一条裂缝是有关系的

所以啊，这个在山顶上唱了六个月的民间歌者

在用歌声一遍一遍粉刷着人间的墙壁

今晚，我们邻水而居

今晚，我们和飞临水面的白鹭
和此起彼伏跃出水面的鱼
和山里缓缓升腾的雾气
和低垂的青竹、芦苇一起
邻水而居，一起分享夜色和充足的养分

今晚，忘记高楼、街市
忘记整洁宽阔的路面
忘记亡故的亲人和那把生锈的锄头
忘记欠下的各种债，母亲一生永不停歇
的辛酸劳苦，忘记倾斜的故乡

今晚，听风与水面喃喃细语入眠
听阵阵鸟鸣而醒
听一枚石子缓缓落入水流深处
听一只两只更多的蚂蚁在灰色的竹竿上
来回爬动，它们偶尔竖起耳朵

今晚，我们邻水而居
枕着沉寂下来的山水树木
越来越接近脚底下的一片

河 面

看见一条鱼，在脊背上呈现雨的形状
光滑的石板深入河底，越过
粼粼的波光，看见摇晃的背影
它们轻易地穿过一只破旧的鱼篓

已经无法在层积的淤泥里
辨识堆放已久的欲望和谎言了
枯枝一碰就碎，你的咳嗽
惊走了趴在水面竖耳聆听的蜥蜴

打湿和烘干一张纸的时间
正好可以用来恢复河面的平静

一条河流的去向

你不该这么问我，有如
你去问一棵树一段爱情的去向
你只能截取某一段，有如
截取人活着的某一段光阴
而生前死后的长度，无法衡量

当然，在暴雨和干旱的季节
我还是关心故乡那条河流的水量
和走向。在春天，它勃发的爱情
覆盖整个村庄，它枯瘦的时候
有如稻草搓成的一条绳索

因为无迹可查，我始终无法确定
那条名叫洪水江的河流
始于何处，终于何处

青山外

除了粮食蔬菜，我和母亲
一直在青山深处提取零用钱
5 块 10 块地提取。青山之外的
村庄，与母亲的背汗湿又汗湿
再结成盐巴的形状，一模一样
在山顶上，我喊一声
那条直直的河流就弯了

那些倾斜的房屋、梯田、炊烟
更加倾斜，并且开始缓慢地移动

甫　田

给一棵树记上年龄，也给
一丘田记上耕作的时间
记下播种、收割、荒芜的次数
记下稻谷、麦子、野草，松软或者坚硬的
泥土下深藏的生死悲欢

八担排，塘边，保堂坑，牛雄沟，观音崟，寨脑
从荒芜土地开始荒芜名字，墓地开始难以寻找
开始忘记土地的面积，忘记祖父的父亲是谁
忘记伯母和大哥的电话号码，他们隔山相望
他们，已把山河当作永久的故乡

偌大的玉米地对望的角落的深处
妻子的二哥大哥，在和一段远去的时光交谈

桑 中

草木繁盛万物生长
桑树落满云雀
麦子开始散发迷人的香
谷神的歌声让所有年轻的眼睛
目光陶醉眼神迷离

请顺从神的旨意
大地上的合欢开启了生命之门

就让我们在淇水的岸边，愉快地告别

荷花一直开到秋天

自你从水里洗浴而出的那一刻起
我开始明白尘世值得留恋
隐秘的幸福就躲在春光的背后
水面之上和水面之下
是舞台的帷幕，出演芳华人世的剧目

你要看懂每一句无声的台词
看懂每一个传情的眼神
我知道你会有想去拥吻她的冲动
所有人都有，当我懂得你为何羞红了脸
我要做的就是沉默地对视，或者暂时低头

这样的出演一直持续到秋天落幕
所有的结局都埋藏在水面之下
剩下的残局留给落日留给一阵风
其实这个时候，可以听听
一个迟暮美人的弹唱

那个叫"荷花"的女子
应该依然在远方流浪

秋月书

一直想给你写封信
特别是天气变凉的每个秋天的夜晚
有些无法与人述说的心事
抬头看看你，就知道你会帮我保守秘密
知道你会懂得我，深藏的隐痛
知道你收到过无数封情书
知道你阅尽人间春色
知道你不会错认善恶、真伪

我也想过，该用什么纸笔和你写信
是在生前还是死后寄给你
秋风能够承载多重的重量
要等上多久你会给我，哪怕一个字的回复
李白不是在春天在水里寻找你的回信吗
我应该到其他地方或者其他季节寻找
比如云雾，比如秋天
要趁所有人为你陶醉的时分
相信你的回眸，胜过万家灯火

欧石楠

1993 年的欧石楠，和油灯一起在一本书里
默默开放，省俭了一辈子的母亲一口气就吹灭了
黑暗里，一朵雪花落在一个隐秘的角落
我在想啊，能不能越过千山万水
去见一见那个，悲伤的女人

他们的山庄有我的孤独吗
在山谷里，没有人听见屋顶上的落月
我很担心墙角的打碗碗花会忍不住哭泣
我很担心在北京的妹妹会在某一条街走失
我很担心脚下的村庄明天会继续拒我于千里之外

父亲在信里告诉我
我们亏欠别人的我会慢慢偿还
只是不要让旷野里太公太过寂寞
在进入睡眠的某一刻
我怀疑沉默的父亲也爱过艾米莉·勃朗特
也想越过千山万水，去爱一朵欧石楠

寓　言

河流一夜肥胖
那只黑色的猫看不见撕裂的天空
也找不见春天的伙伴

闪电照亮了一条正捕获青蛙的蛇
那只雪白的兔子一直没有等到
主人回家熟悉的脚步

壁虎终于明白
墙上的那只硕大的蚊子
只是一个孩子墨黑的手印
它们整整对视了一千零一个夜晚

脚印里的稻子

洪水淹没了长势良好的稻子
一个腰弯发白的农民
泪流满面地在和一株
最后消失在洪流里的稻子告别

一整片的稻子
绿油油的稻子转眼就是一片汪洋
一个被洪流冲走的生命
抓住了一株依然牢固生长的稻子

稻子，稻子
心甘情愿地被奔走的人们，踩在脚下
稻子，稻子
心甘情愿生长在脚印里的稻子
在这一个雨水过于充足的季节
默默地坚守最后生存的希望

请原谅我不能同你一起离开
请原谅我可能不再为你奉献
饱满的谷粒

钻进隧道的蚂蚁

一只蚂蚁悄无声息地
钻进了黑暗的隧道
列车轰鸣而过

最近的灯火照亮一颗
久未滴落的水珠
孩子天真地询问父亲
那些闪烁的灯火，是不是魔鬼的眼睛？

我只是关心，这只蚂蚁
能否用尽一生的时光
走出这条
黑暗与光明交织的隧道

墨　痕

墨画的房子
是否还隐居荷锄的诗人
浓淡相宜的一片树荫下
是否还停靠着那根弯曲的拐杖

斟一壶芳香四溢的酒
醉倒那株画在岁月镜框里的菊
一个人，一支笔
在繁华的城市流浪

烟花在霓虹闪烁的街头
在夜幕的宣纸上
绽放墨写的水乡

暗　流

城市的水花盛开
她以优美的姿势减缓了
我行驶的速度

这条熟悉得不能再熟悉的路
瞬间变得得那么妖娆
你一定看见了
一对沉醉在幸福中的恋人
或者一朵盛开的桃花

我们无声地坐在车里
无声地眺望优美起伏的波浪

回　眸

到南昌火车站转车，凌晨 4 点
铁轨上落满星光。一个长发披肩的
女孩回眸告别。她距离我只有
一步之遥，我也忍不住回眸

没有看见和女孩告别的人
启明星却特别明亮
那些涌向出口的乘客也纷纷
回眸。他们看到的

不知是女孩还是启明星
还是一个虚无的存在

在苏州，遇见旧时光（组诗）

木 渎

木头的深处一定暗藏你的芬芳
六次或者更多次的探寻
只不过是为了解开江南的密语
如果活着与死去都不会腐烂
那扇绣花的阁窗就会走出又一个传奇

可以为了你变卖故乡
变卖我行囊里的贞洁
呃，先把角落里的凳子杯盏洗净
要听多久，打算付出多少青春
请数数擦得发亮的木纹

它们，和两千五百年前的流水
有过对话，想听听吗？

北塔寺

父亲，你说塔的砖也可以搭灶

当你的手无法伸直
我想在北塔寺替自己赎罪
从底部一直数到顶端
人间的烟火就烧到了一朵云上

往下看，再往下看
你就会看到普度众生的慧闻
在斑马线跟前等着红绿灯

虎　丘

从虎头走到虎尾，要走上几千年或者更久远
久远到一亿五千万年的白垩纪侏罗纪
一把铜锁，锁住了一段沉埋地下的秘密
锁住了一千把剑，一千颗人头

所以沉默的草木只愿做轻弹水面的胡须
剑池的深浅也要顺从天意，你愿以何为代价
打开那扇尘封已久的门？这样一直静卧的姿势
可以恰到好处地守住贞洁，守住不可泄露的天机

在你最后回首时分，你会突然发现与你对视的虎眼
它们会让你，比较安全地跌进万丈红尘

苏州河

你认识马达和牡丹吗，我只知道苏州河
会穿过很多黑暗的地方，有时也流进我的乳房
有时我在深夜，会把马达提到最大的声音
然后穿街而过穿云而过穿河而过，直到一朵牡丹盛开

直到苏三的歌声响起，雨缓缓落下
汗水刚好可以洗去你唇边的胭脂，然后是牙齿舌头
在苏州河的一棵树下，你问我
我们是分手后怀念还是怀念后分手

我也问苏州河，美丽的苏州河
你是分开一座城市的筋骨还是合起一座城市的血脉

沧浪亭

她可能也知道我穷，20元钱就让我进入最幽密的地方
这样也好，一个人把裙子画上河流，写上诗
问一块石头，你见过屈原吗，你爱他吗

那广陵王呢，他一定找了很久
才找到水流最干净的地方来沐浴
然后喝一杯最清远的茶，听一曲古筝

最幽密的地方，要在不经意的时候

才会散发最久远的香

下次记得要带上一本无字的书

山　野（组诗）

法水村

它比我的故乡更干净、整洁
天空也更为高远。尽管我知道
它给予我去爱的时间非常有限
甚至还没有进入某种表白的状态
但我确实被某种纯粹触动了
确实感觉到故乡某些无法洗净的事物和哀伤
当然，我更为自己不顾一切来此地
找到了慰藉和理由。法水村
它多好地遵从了一个传说和自己的内心

和我们遵从的约定相比，某些失去
和一闪而过的时光，多么无关紧要

竹　海

写到你们这个群体构建的海洋
这些绿色的波涛，有别于深蓝的海水
但它单纯，又不随意让你靠近

那些漂浮的碎片，在这里转换成
明亮的镜子，照见了我曾经并向往的
美好。那些日见衰朽的身体
已难以挤进你们年轻挺拔的队列之中
我一次次激动地在众人面前提及你们
那么急迫地想用你们的干净
去换取另一份干净，用你们的
明亮，去换取另一份，明亮。

秧　苗

二十一年过去了，我还是没有忘记
快速而准确地将你种植进松软的泥土里
二十一双脚丫打乱了一种秩序
几乎每一株秧苗都与一个脚印有着
亲密的接触。这短暂的回归
这一行暂时走得更为遥远的秧苗
并不能替我填补数年的惶恐和不安
某种程度上，来自多年前的苦和累
在今天替我言说了一种汗水沉淀的可贵
继亮说到和父亲一起插秧的情景
有如我说到和母亲一起插秧的情景
他的父亲已在泥土的深处，我可以理解
他为何栽得这么慢，而我小小的虚荣
背后，隐藏了总是倒映在水里的母亲

所幸她尚在人间，所幸她还在城市的空地里
歪歪斜斜地种植无需太多水分的事物

那些空余的，没有栽满的水田，
是不是在等待另一个重建的世界。

篝　火

火焰的形体大于温度的意义，
它替逐渐烧红滚烫的土地打开隐秘的缺口。
远山的背影大于夜空的明月，
它替回忆丈量扩大或缩小的心理面积。
相对火光里的人群而言，我躲在暗处，
得以更冷静地剔除那些多余的抒情，
甚至可以低头和一棵青草对视良久。

它应该倍感荣幸这意外的恩宠
至少要庆幸遇到一个不随意伤害生灵的人
当然，我也真实地感觉到
到目前为止，它是最为顺从于我的事物。
那些劈碎的木材、竹片，不仅仅
加热并改变粮食、蔬菜的质地，

而且在替我们虚拟的将来燃烧……

山苍子

家有一个山苍子枕头
在遥远的山野里见到它
如见故友。于是我静坐沉思
于是我再一次，深深地呼吸
更低湿之处的空气。青色的果粒
要过一个月更为成熟，我多坐一会
它们也许就会感觉到我控制已久
的孤独感。嗯，它们一颗紧挨一颗

似乎不需要制造距离，也不需要
和背后十万亩草木形成妥协或者对抗

蛛网萼

"它们消失了三十年，又重新被发现"
"它们吐成亮晶晶蜘蛛一样的丝"

我郑重地存下护林员吴可生的号码
这个在山野里自然掌握植物语言
和秘密的护林员，是一个真正的智者
他把整座山一点一点地掰碎，作为
每日的粮食。我甚至有些嫉妒他

每日能避开喧哗的人群，和智慧
且静默的植物一起保持静默，呼吸
这样，他似乎获得了树木一样的寿命

而我还想，如果我消失了三十年
还会不会有重新被发现或记起的可能。

月亮湖

所有来到马头山的人群都要为你停留
对你来说，这种意料之中的停留
还能否掀起内心的波澜，或者说
还有没有保持少女羞涩的可能？
又或者说，看似一个又一个绵延不绝
的群体的到来又是多么无足轻重

想想我们所有人对你的驻足与爱恋
都无法掀起些微的波澜，是一件
多么遗憾的事情。还是继续各自
的旅程吧，回到各自该回之所
那些不属于你又吸引你

去拥有的美好，终将有各自的归属。

落满故乡的树叶

在每片落叶上写上"故乡"两字
似乎等到春天，它们就会长进土里
再长进茂密的树叶，这样比
写一封寄往故乡却无人查收的信

更实在，更简便，也更有效
可以更好地解决年年胃溃疡般
年年加重的乡愁，当然
来年落叶铺满积雪的时候

伫立在他乡的路口，就有如
伫立在故乡的路口，而雪
把树叶上"故乡"两个字照得更加明亮

光阴谱

想起柯桥的《光阴慢》
想起他描述的大地上缓缓
移动的一把干柴

这样，无语的光阴
确实在缓慢地移动山川
移动生死，移动人世的悲欢离合
这样，还有什么不可以宽忍
又还有什么值得记挂、留恋

而我，本来就是光阴
沉默时的一缕气息

第四辑

石头部落

一个人的江山

冠冕一郡之形势，襟带千里之江山
所有人都可以忽略我
唯独你不能，在风里，在雨里，在雷鸣闪电里
在雪里，在浩渺的天地间孤独地伫立的你
不可以忽略我，不可以忽略一个游走的魂魄
不可以忽略这个游走了八百多年三万里江河的魂魄

你这座在西北角郁然孤立的山岭楼台
建了又倒倒了又建的楼台，始终在同一个高度上
接受所有的登临，也接受所有的眺望
但是我的眺望是不一样的，因为我可以看到
西北的长安，无限的江山，还有那么多
那么多沦亡者的疼痛……一只飞往深山的鹧鸪
一行行走在驿道上江岸边的清泪

落日苍茫，风才定，片帆无力
一个懦弱的王朝在踉跄地走向覆灭，我拍断
所有的栏杆，你们的表情还是无动于衷
佛狸祠下的社鼓上立着的神鸦在悠闲地抽着一支烟
浮天水送无穷树，带雨云埋一半山
把我那件被黄沙撕碎的战袍也一同埋进去

壮岁旌旗拥万夫，锦襜突骑渡江初

可怜我的万千人马，只在残山剩水里

空留一具具尸骨，一声声叹息

那把削铁如泥的剑，那把醉里挑灯的剑

在冰冷的剑鞘里夜夜哭泣，只有踏碎黄昏的马蹄

还在江南的烟雨里渐行渐远

如今憔悴赋招魂，儒冠多误身

我何曾想过要用这些字字泣血的诗文佐酒

聊度时光，荒芜年华，深夜起坐孤灯伴

任一行浊泪，湿透薄衫，苍生自无恙

空谷清音起，非鬼亦非仙，一曲桃花水

便惹起，多少伤心往事，肠已断，泪难收！

断肠片片飞红，都无人管，碧血长天

惟有郁孤魂，披发江畔吟，便如屈子那

一腔悲愤，满脸沧桑，瘦骨锁住奔涌的大江

长太息以掩涕兮，哀民生之多艰

无家可依，无国可依，无清水可洗我这一生的

风尘，八百三十年，或者更久的年代，更多的朝代

兴亡更迭，惟有郁结民族的魂魄，不会散去

长忆商山，当年四老，尘埃也走咸阳道

衰草刺破了残阳，枯枝荡平了青山，西风吹走了

一声寒鸦，一封没有启封的信

极目南云无过雁。君看，梅花也解寄相思

无限的江山啊，待何日旌旗回头望

回头望，一马平川任我纵横驰骋

马作的卢飞快，弓如霹雳弦惊

这里没有飞沙走石，只有长街小巷短亭

一年四季葱郁的松柏，通往更南端的驿道

贬谪的行囊里只能搜出几叠诗稿，一把旧琴

我把这浪得的虚名，任它在石缝里长成一棵青蒿

一蓬草，一株梅，一段竹，一柄划破长空的剑

在一座充满神性的山峰面前，
我终于放下恩怨

一座山折服于一支箭。高于云朵的部分
先于坚硬的内心获得救赎和自由。至于更早
的传说，在遇见你之前，我保持距离并
始终敬畏。真的，我为何要喋喋不休地争辩
为何要有那些无谓的解释、苦闷和怨怼……

在没有攀爬和抵达之前，再复习一遍《山水经》
当然，如果能找到一条通往禅悟的秘径
我愿意放下折磨已久的执念和恩怨，关心你
和风沙岁月对抗的岩层胜过关心你得到的礼佛
那些大于生死的沉默和大于高度的仰望是存在的

当然，也不要一直将阳光留给山顶，将背影
留给我。你应该看到，我身体里也长着一棵树
如果你能够俯身给我，哪怕一点点温暖，光
我也不会绝望。不会哀叹临近暮晚还在等待
雨露的一株枯草，它就生长在你，凤凰山的额头

相信我，我只是卑微而已；我不会是
庸俗甚至腐朽的事物。如果我们在一个

完全没有光的暗夜里对话，你会感觉到一株
幽兰在空谷里发出的暗香。或者一枚树叶
在干净的风中发出清越的声响，虽然没有

一支箭的锐利。而等一切重归平静
光明到来，所有的鸟振翅起飞；我倒在
岩石之上。是的，我确定你射出的利箭刺穿
我的心脏。当然，你也看不见我的哀伤
众生皆得恩赐。我在你，凤凰山的脚下

捂住疼痛，喷涌而出的血；骨头深处的
呐喊，能否穿透云层；要看你，凤凰山山谷
的回响。那些行跪拜之礼的人们，那些
把虔诚写在脸上的人们，那些匍下身子站起
依然保持弯腰的姿势的人们，就是我内心

因为卑怯和懦弱出走的尊严和灵魂啊！凤凰山
我要在你面前，挺直我的脊梁；大声地喊醒
我自己！那支利箭，我要在它射出之前；我要在
弓弩绷紧，在弦和箭没有分离之前；将云朵
下移到人间的高度。神性的光芒普照大地

而我，在整座充满神性与慈悲的你，凤凰山
面前，终于可以放下负累，放下积久已深的恩怨……

苍穹之下，大地之上

苍穹之下，九百六十万平方公里土地上的草木
已多年远离炮火；大地之上，长 288 厘米高 192 厘米
的国旗准时准点接受十三亿双眼睛的注视和仰望

苍穹之下，每一个流淌华夏血液的中华儿女
在任何一寸土地上，都可以挺直自己的腰杆；
大地之上，候鸟每年安全地抵达南方和北方

苍穹之下，璀璨繁华的灯火照亮夜空
大地之上，星光闪烁的夜空照亮灯火
在亮光交会之处，是神秘而幸福的梦幻之境

苍穹之下，牛羊在风吹草低的地方出现，
牧笛在日落青山时响起；大地之上，云朵
按时聚集，按时分离；万物在阳光雨露里按时生长

北 国 (组诗)

蓝色的牵牛花在聆听青天下鸽子的飞声

在一橡破屋的院落里细酌一杯浓茶的移居者
在聆听青天下一群鸽子的飞声，有如风吹
一叶钢片。在墙角，在几秆枯瘦的细草旁
静默的蓝色的牵牛花，也在聆听鸽子的飞声

翅膀隐藏到云朵深处时，花朵慢慢转向
那个孤独的人，在躲开一支烟缠绕的同时
靠近一件藏青色的大衣，一个背影
一封寄往北方的信，一盏摇曳至深夜的灯

而那朵蓝色的火焰，又一次
将白日里鸽子飞过的声音，重新播放一遍

在一棵槐树下轻扫光阴和落蕊

许多事物会在夜晚悄悄地进行并发生改变
比如雪覆盖大地，落花遮住流水或者某一条
山路，静默的光阴。脚一前一后踩上去

雪有破碎的声音，而花骨折时没有声响

它们只是更紧地贴近地面。也不会紧抓不放
清扫的竹条来临，花朵撤退得干净、整齐
那些留下的丝纹，只是那些落蕊的叹息
或者是留在大地和人间，爱的痕迹

在清晨，看一位衣着整洁的老人
在一棵槐树下轻轻地打扫光阴和落蕊

那一声衰弱的蝉声在晚霞中慢慢消失

或许不仅仅是因为寒冷，秋蝉这么快
走到生命的尽头；最后的蝉鸣不再顾及
白天和黑夜，而在晚霞送走自己最后
一段旅程的时刻，那扇木门转身面墙而泣

木桌上的汤药还剩残汁。主人的咳嗽和叹息
一直悄悄地忍住，目送完一场已没有声响的
生死别离。就着还未消退的晚霞，把残留
的躯壳和残留的汤药，再一次细火煎熬

而在晚霞中慢慢消失的那一声衰弱的蝉鸣
又会在来年的夏天，紧锣密鼓地响起

落雨的桥头，我们一起聊聊人世的冷暖

北方，一场秋雨刚好压住了升起的烟雾
在落雨的桥头，我们谈论完天气，再一起
聊聊人世的冷暖。一层秋雨一层凉啦
多好，这层叠好的冷暖间隔好的年月日子

慢慢地一件件添加之前晾晒好的衣物
庄稼收割完毕，屋里的各种物件归放妥当
陈年旧事就着雨水，又可以劲道十足
可以把手缩进衣袖里，走到桥的另一头

或者到某个屋檐下，最好是挂着
油漆脱落已尽的招牌，店家端酒而出

枣叶落尽，果实盛装而出

枣叶落尽，果实盛装而出
她们多么像一个个刚刚出落好的
待嫁姑娘。红着脸，羞涩地低下头
散发年轻芬芳的气息，骄傲地
在北方由树木搭建的 T 台上走过

枣叶落尽，果实盛装而出

他们已准备好各自的命运和表情
也准备好迎接更寒冷的气候和主人
在离开之前，他们和父亲的手握得更紧
并站在母亲的肩头，眺望故乡

分离出去的尘土，我还爱着 (组诗)

炉烟或沦陷的春光

在一座高山之上，怀抱一条鱼。
听一只鸟，朗读情书。
炉炭之上，陶罐交出了封存的秘密。

大门紧闭。群峰更加辽阔。
树叶和你一起背对天空。
炉烟在辨识经文，辨识草木。

只闻水声。山林深处的动物
随心所欲。此时
剪下野蔷薇，再剪空峡谷。
悬崖就在眼底，春光彻底沦陷。

对　白

席地而坐。陶皿茶器各安其位。
讨论这个陶壶。有着温婉的母性
讨论她身体的每一个细节

讨论她，从一抔泥成为我爱恋的过程
讨论一小块疤痕，一小块
沧桑

陶说：我不适合行走远方，我
只适合埋葬地下；我
不能保证不会破碎，但我
可以保证不会腐烂。

裂缝里的疼，你帮我拿掉

一整条街睡下，我醒来。
一整条街醒来，我睡下。
假日开始，我闭关。
只和陶交往。
假日结束，我出行。
紧贴所有与泥土有关的事物。

在没有煅烧之前，我是屈服的。
在没有爱你之前，我是自由的。
在没有死亡之前，我始终是
痛苦不确定的。

可以再拙朴、安静一些。
裙裾上的褶皱，不管。

落在裂缝里的疼，你帮我
轻轻地，拿掉。

恋　歌

但愿遇上一个好的主人。懂得
慈悲，懂得疼惜。懂得
我，一切的悲欢、哀乐。懂得
我为何雀跃，为何
静默。

上好釉。不要太过均匀。
有如弯曲的细水。
在转弯处，隐藏一句话。
有如你烛照之下细细的动脉。
听不见，流淌的声音。

三角梅盛开已久。日光充足。
根须触及陶瓷的肌肤，颤抖的指纹。

裂　痕

就从一片树叶开始进入你的
世界。水改变你的质地，你也
改变水。等到养分全部溶解、抽离

水是水，你是你。

光阴慢。有足够的时间
给每一件陶，起一个好听的名字
从此，你们中的每一个
都是我的肋骨。

出现裂痕。还有一些小伤口。
有理由锔补更为名贵的装饰品
比如镶嵌金子、玉石。不过你们
不要着急。我要先替你们找好
懂你们的主人。

放入几朵栀子花。一个下午
都陶醉于你的体香。
青苔很好地遮住了一段
旧时光。你坐在旁边，光着脚
台阶往下沉，往下沉。

回到树叶的经脉上去。养分失去
这些经脉就更加清晰，干净。
回到我们最初的遇见。占有和
伤害过滤掉。最初的遇见
重新令人怦然心动。

分离出去的尘土，我还爱着

刻好莲花，莲心；香炉行走在
水上。你在云端，背对一个梦境
转动的速度，约等于经筒
爱是一缕烟，肉身化为
灰烬。能安放在你做的陶罐里，就好。

靠近和远离，要看炉火。
要看前世的安排。三宝已经
长大，它被我训斥得泪眼汪汪
它的爱情，被我的一根绳子
拴住。我被你们，紧紧地拴住。

守住你们和我的往日。就如你
守住我一样。我把你抱到
哪里，你就守在哪里。多好。

母亲说：这花怎么可以这么美？
这么美……母亲越来越像一棵
不想挪动的树。我想，她是喜欢和
静止的事物对话的，比如这些安静的陶
它们，是多么乖的孩子

磨坯时，全身落满灰。分离出去的
尘土，我还爱着；已埋在土里的
亲人，我也爱着。盛花的篮子
我也用来盛放，枯萎的枝条。

泸州献诗（组诗）

这浓郁的口音多像我的亲人
——兼赠殷红兄

"在机场听到浓郁的四川口音话，特喜欢。"
殷红兄替我说出我想说未说的话。
问路，搭话，都是浓浓的四川口音话。
很想多看一眼，像看亲人一样多看一眼
客套和矫情自动删除。那些灰白的建筑
那些高低起伏的街道，那些有些散乱的摊点，
那些悠闲地坐着打牌的茶客，那些衣着朴素
的行人市民……那个背驼得快到地上的老者
他沿着没有护栏的长江行走，我
去扶住他。他像我的亲人一样，握着我
的手：放心撒，没的撒子事的嘛！

他直不起腰，他够不着我突然涌出的泪……

这良姜叶包裹着整个秋天
　　——兼赠荣生兄

我们讨论故乡和异乡女子的区别。
比如秋天她们的衣裙。总是在异乡
感受到某种特别的风情。在泸州的江边
遇见的是摇曳的良姜叶。这墨绿色
的衣裙，包裹着香酥柔软的玉体
也包裹着整个成熟芬芳的秋天。这
舒适宜人的秋天。这飘散着醉人的酒香
的秋天。我希望遇着一个穿着良姜叶
一样墨绿色裙子的女子的秋天。

结局是：荣生兄把良姜叶包裹的黄粑
送入我空无一人的房间。而我，还在泸州
的江边，和江水里的一个婀娜的倒影对饮。

这无序的人生有如江水
　　——兼赠安琪、素贞、芦笙

需要借一束光照亮汇合的江流。
那些一闪而逝的波纹有如摇晃的青草
融入夜色。垂钓者的鱼篓空空
只听薄薄的石片在水面飞掠而过的

声响。我想把我的声音留在长江的
夜空。或者借着清澈的水流，从你的
声响进入一首诗歌的腹地。但
抵达钟鼓楼的意念，河岸没有歌声的
酒吧，钟表上提示时间的指针……
无锡高架桥坍塌的消息，酸辣呛喉的
汤水，一碗口感和故乡相差太远的面……

轻易地挤占了一场诗意的夜读
茫无头绪的闲聊，茫无头绪的人生
多么像距我们越来越远，泸州的江水。

这堆积的石头各有宿命
——兼赠青寅兄

散落的人群有如散落的石头。
并未想到遇见我的好兄弟柯桥近三十年前
的好兄弟。一个行长，一个还是农民。
1991 年一起参加《诗刊》改稿会。
2019 年，在泸州的江水边，遇见我。
如遇故人。我相信他对诗歌和对庄稼
一直保持朴素而深切的情感，也一直存在
亲近与逃离的纠结、胶着……他没有
加入挑拣石头的行列。他更多地保持
静坐看江的姿势。他早知道堆积的石头

各有宿命。早知道我拣出的石头
会在半途截留，不允许带上飞行的高空。

这古老的窖池是深埋的心脏
  ——兼赠官白云

往下方深十几米的窖池俯视
我可以确信自己抚摸到了一座
古老城市的心脏。不到一千米之外
的江水，通过更深的土地的过滤
以血清的方式凝聚这座城市的血液和命脉。
一个不断将自己的血清输入诗歌血管的诗人
也从远方赶来。她谦卑地融入另一个
博大的血管。她以更低的姿态去接近窖池
接近江水和天空。她面带虔诚的笑容

让我在万米的高空，依然以飞行的模式
去拍摄迅速向身后撤退的，金色的云朵。
这些涌动如海金色的云朵，覆盖着脉动心脏。

一座山的皈依

两亿四千年和两年四个月，对于一座山
沉默大于记忆，大于征服，大于生死；
大于兴盛败亡，大于朝代更迭，大于
一切爱恨。而大于沉默的，是最后的皈依

皈依于一个名字。比如罗霄山脉
在两亿多年的时间里，它只是一座没有
名字的山；直到一个叫罗霄的人出现
比如井冈山，在更晚的朝代因为一个村庄
依山向江而建；四面环山，形状似井
比如武夷山脉、阿尔泰山脉、天山山脉、
昆仑山脉、唐古拉山脉、祁连山脉、
冈底斯山脉、喜马拉雅山脉、横断山脉、
阴山山脉、太行山脉、大兴安岭山脉、
秦岭山脉、长白山脉、巫山山脉、台湾山脉……
都在确定或者不确定的年月，皈依于一个名字

皈依于海拔。一座山的海拔决定着
世人对它仰望的高度。比如五指峰因为
它的高度成为井冈山的主峰；黄岗山
因为它的高度成为武夷山的主峰，乃有

华东屋脊的称号；珠穆玛朗峰因为它的
高度，成为喜马拉雅山的主峰，成为
世人永远瞩目之地，成为众生心中之神

皈依于神和信仰。一座山有了神，有了
灵魂和信仰之后，它便超越了海拔的高度
时间的长度。黄帝崩，葬桥山；桥山
远超的不仅仅是 918 米的海拔高度
空是无，无是空；天游峰以 409 米的
海拔高度抵达云天之上；星星之火，可以
燎原；井冈山，因为信仰，让一座
沉默两亿四千多年的山跨越时间之海
放射永恒的光芒。再过多久的年月
这座山重新沉入海底，它也不会消失
绝不会。因为信仰再过五百年，它就是神

玉龙山顶的雪

我跪着把你供奉起来
那些因你而冰封并获得永恒的爱情
又重新在马背上走向四面八方
我承认，在抬头即可仰望却始终无法
抵达的你的面前，毫无保留。
如果你相信在你面前跪倒的人群
是真诚的，你就问吧。通过雪。
通过太阳。除了我自己也无从知道
的前生。是的，我终于敢在从未被俗世
抵达的你的面前痛彻心扉地承认并
忏悔：我为何会把自己的身体
那么轻易地交出去，交出去……

画　卷

画上万亩良田。长满金黄的稻谷
躬耕者神色安详，停立在谷粒上的蜻蜓
已经聆听了许久的风声。翅膀
轻轻一扇，万亩稻谷便弯下了腰

画上一千里山川。可以隐藏一万种
鸟兽，一万种植物；还有无数隐藏的
鱼类。当然，那些地表以下富含各种金属
的矿石，煤；可以通过地面的火来表现

画上可以点燃春天的杜鹃。怒放的
时候，有如面色含春的女子；她们瞬间
解开生命和爱情的密码，必须是
热烈奔放的红，生命怎么可以被压抑着！

画上瀑布峰峦。要让瀑布的高度
大于峰峦的高度，因为水来自天空
峰峦起于大地。要让仰望瀑布的人群通过
仰望，抵达峰峦，抵达云朵背后的仙境

画上可以握住天空的五指峰。每个

峰顶住着一个神，不建庙宇。餐风饮露
在乾坤清朗时，它们各自分开，安好
如果天崩地裂，它们就一起攥成一个拳头

画上缭绕的云雾。不同于庐山，也
不同于天姥山。因为它融入了更多更多的
炊烟，战火硝烟。所以折射的阳光的
浓度也不一样。它还融入一个伟人烟草的味道
你点燃一支烟，你会看到云雾也点燃一支烟

画上村庄。所有的取材来自这座山
树木架梁石头砌墙泥土烧瓦，大山之下
是一座座毗连的小山。没有谁会想到
从小山里面依次扛出的镰刀斧头
会披荆斩棘开辟出一个全新的世界

画上翠竹。有别于杜鹃燃烧的红
覆盖大片大片群峰的绿，惊心动魄地
绵延铺展。它们锤炼锻造了一个军队的
品格意志；现在，继续清洗我们的
肠胃心肺，由内而外地排除日积月累的毒素

画上一段波澜壮阔的历史。它开启
一个伟大时代的序幕。它割开自己的
动脉，一次次输送钙质盐分丰富的血液

有相握的大手，有迎风猎猎的旗帜，有
无论如何也无法取出删除的弹片和记忆

画上梦幻和空白。梦幻指向幸福
空白之处首先保持一种纯粹和干净
落笔之前，我要再问问把一座山
深藏于心的李可染，把一座山当作故乡
和皈依的石大法；这座山，将会去向何方

那些静止的尘土是鸦鹊湖等候归仓的谷粒

四万亩稻田的机耕道上，尘土始终无法落下
四万亩稻田的稻茬内部，尘土始终无法逃离
它们紧紧吸附在所有坚硬或者柔软的事物之上
让照进村庄的光芒速度减缓，强度减弱

那些不再使用的犁耙、地碾、潞涂、架子车
是静止的尘土。那些路旁逐渐褪去绿色的草木
是静止的尘土。那些散落在田垄间的小麻雀
是静止的尘土。那些在叙述里成群结队的乌鸦
和凌空消失的雁阵，是遥远之处安静的尘土

它们伸向我的童年。我的经常被雨水击穿的
棉布鞋，可以借助尘土在雪地上留下印痕；
它们伸向我的梦境。那些起伏的稻浪听从我
的手掌，它们有如尘埃那么轻松地前行后退

它们紧随我们的车辆进入城市，因为
完全不同的质地，我们成为闯入城市
流动的乡村。我们都想尽快地刷洗，却
又突然多么挂念鸦鹊湖的乡亲；挂念晾晒
路旁的谷堆，能否在突如而来的大雨前

颗粒归仓；而遇水静止的尘土
也是一粒粒饱满等候归仓的稻谷

漂浮的草原潜伏另一张生命的版图

草原在大湖上漂浮，星火在长空里闪耀
一群暂时放下一个家园又寻找一个家园的
追梦者，正从不同的角度以不同的速度
在另一张生命的版图上奔跑。是的，你
无法估算奔跑的里程和能量，因为他们
同时也是一群听从于风和波浪的孩子

要感恩引领这群孩子奔跑的王。因为他
我们目光灼灼，我们重新发现庸常的生命
不仅潜伏无数只小松鼠，也潜伏另一个
随时制造惊喜和奇迹的生命：有可能是
一场篝火点燃另一场篝火，一片
银杏叶给另一片银杏叶的生命加持……

要感恩匍匐于地面贴近地平线生长的野草
感恩风一吹雪花飞扬的芦苇荡。因为它们
我们不仅拥有撞击泥土的缓冲地带，还拥有
无限种构图的背景和可能。而这座名为
太阳山的大湖草洲，春夏走船，秋冬出演
平静地摄走并涤荡你的心魂的自然影片

我们是突然闯进镜头去切换激活画面的鼠标
去点开漂浮的草原潜伏着的另一张生命的版图

大地深处的幽暗自有抵达的光芒

整个白天和夜晚，所见的荒原
一闪而过，一闪而过。听见
雷鸣咬断铁轨，撞击大地的心脏
听见呼啸而过的风消失在远方
我的饥渴和啃噬我的病毒算什么
它们并不影响我对大地的聆听
和倾诉，也并不影响我对万物的
敬意，平静的抵达。而且我

越来越相信：生命化尘为土
大地深处的幽暗自有抵达的光芒

断　崖

你本来就那么孤独
可是狂风、暴雨、霹雳
还是选择在一个凄冷的夜晚
把你折断，把你的伤口
裸露在苍茫的大地上

可是你连一声叹息都不发出
在肃杀的冬天
沉默地举起一个誓言。

断崖，直接领受天空的旨谕
只等待一朵云彩和大地接吻的时候
把藏在胸膛里的头颅，生长出来。

高　原

在抵达之前，我无法通过呼吸
感受到高度的区别。在抵达之后
我无法通过脚步，去丈量海拔
那些草木，我都可以自由地靠近
要感谢它们，和故乡丘陵的草木
长势一样，生命旺盛的它们
突然沉默地出现在高处，给予
我急需的氧气，稀缺的钙
深入泥土和站立的力量，当然

那些静止的波涛，起伏的羊群
足以穷尽我的余生，去给予注释

苔藓在岩石上铺开人间的巨幕

在裸露的岩石上拓荒，种子
随风而落。从落在岩石到覆盖岩石
都以无法察觉的方式进行

人间的巨幕缓缓铺开，剧情
无法预测。苔藓的湿度和面积决定
出场的各种角色，悲喜命运。

从远处看，幕布是背景。
从近处看，幕布是舞台。

谢幕时，青苔上落满花瓣。

有一种生命悬空而生

有一种生命喜欢悬空而生,比如
藤蔓类的植物。它们习惯聆听峭壁
或者石头和时光的对话,它们更习惯
这里更加干净的阳光。习惯一种透明的生长

那些果实没有翅膀,但
它们依然向往飞翔。向往
哪怕没有高度的俯瞰。

一种悬空的重量,可以衡量
另一端深入泥土,生命的重量

六盘山的白杨树

一棵，两棵，三棵；从山底到山巅
所有的白杨树一棵棵死去。站立的尸体
成为路标。有人说，千百年来，六盘山都是
寸草不生的，是荒凉的，是只有白杨树
存活的，在枯草崖石间存活；现在
漫山遍野青翠欲滴，他们却一一死去
无一例外。是他们适应土地的贫瘠拒绝
土地的肥饶吗？适应干旱，拒绝舒适湿润吗？
适应险恶，拒绝安稳平静吗？适应
风霜雨雪寒冬腊月，拒绝风和日丽明媚春光吗？

不过他们所有死去的躯体是干净的。无一例外。
骨骼清奇，所有的枝干依然保持向上的方向
有如千里之外荒漠上的胡杨，不曾腐烂。他们
也已死去经年，不曾腐烂。这样，他们
从刺痛我的眼睛开始，在我缺钙的骨头里
注入钙，在我缺少盐分的血脉里，注入盐
在我缺铁的经络五脏六腑里，注入铁
这样，他们以死亡的方式和万物形成参照
他们以死亡的方式，在六盘山上成为站立的
英雄，无字的墓碑。猎猎飞扬的旗帜。

他们把柔弱的风割碎。把强劲的风,历练
成剑。他们是长满凌厉的刀锋,一把把
指向天空,指向阵地永不退却的剑

大山的回音

带着我的孩子去给山上的祖先
供奉香火，去喊动喊动他们
久不打扰的骨头，去借一把春风
和柔软的松针；不允许点火，
就插上一圈映山红，我们面向
墓碑下跪，我们也面向大山下跪
我们喊醒一个个模糊的名字，
我们也喊醒一座座遥远的山峦；
是的，等一切安静下来

我们就可以听到祖先们
在默诵经文，我们就可以听到
大山低沉缓慢的回音

霜 降

木梓的果实已经全部摘完。
沉甸甸的山头一下空旷下来。
剩下的枝叶有如独自留在故乡的亲人。
少有去打扰,也少有去探望。
看到瓦楞上的冷霜,突然担心父亲
中风后的手,能不能自己穿好大衣
担心母亲常年风湿的腿疼,会不会加剧。
我和母亲一担一担地往山外运送木梓果
年复一年地持续了十几年,那时啊
我以为会一直持续,并且大声一喊

那些木梓果,又会从树上纷纷落下。

一座桥的光阴

桥的这一头群峰苍茫。
它们替桥也替村庄隐藏行踪和传说。
那块藏住了宝藏的方形巨石
它是整个承载力量的支点，也缝合了
裂开的缺口。一个河边浣衣的女子
没有意识到它的存在。她
更专注于一闪而逝又重新出现的波纹。

桥的另一端古道荒芜。
它除了衬托桥的光阴，也衬托桥的意志。
久无行人的桥面滑倒了多人，
它把雨水压缩成了坚韧的纤维。
一本书轻轻地压住一根草的脖颈。
秋风不断地降低河流的水平线，
也是它吹走了一帧又一帧历史的剪影。

而我呢？刚从一个睡梦中醒来。
不断询问条石上纹路清晰的刻痕
不断打探那个隐身化仙者的去向
不断记下散落四方的村庄的名字
当会源桥成为远离的背影

汹涌的往事和青春冲破了虚设的堤岸

我只能又回到光阴的深处默念一句台词：

"我今天才知道，

我之所以漂泊就是在向你靠近。"

石头部落

我确实想成为其中的一块石头。
散落田野溪畔，砌进石头垒起的墙体……
都可以。它们区别于我见过的所有的村庄
从房屋里走出的这个村民，总感觉
他懂得所有石头的语言和秘密
而他朴素淡定的神色，握住的锄头
多么像我当年衣着简单的父亲
他带领全村上百号人马，运送石头
垒起了几十米高的堤坝和粮仓

多年之后，堤坝长满青草杂树
粮仓在空置多年后的风雨之夜倒塌。

走完村庄，才发现只这一户人家住人。
这个极像我父亲的村民，仿佛是
石头部落的国王，巡视一遍
就已数清排好整齐队列的子民

剩下要做的事情，是要看好
一群又一群企图带走他子民的漫游者。

盲人讲解员

"出房间门，下两级台阶
前行 20 步左拐走 35 步
再上四级台阶，就到了纪念馆大门。"
这样的路径，走了 51 年；
一个人讲解另一个人，讲了 51 年。
种下的樟树，罗汉果已经高过纪念碑；
身体里取出的弹片，转换成快速的语言。
所以你要理解这种点射般的讲述。
我们能做一棵棵安静地移动的松木
——更好。最好长出迎风颤动的枝叶
最好替这位失去光明的老人——收集光明。

慢慢地，我从每一件展物上
感觉到伟大的烈士和他，相同的体温。

大茅山深处的铜骨

那些铜质的雕像，器物
那些铜质的筋骨，笔画
是可以发出深远的声响的。
那些富含铜元素的岩石
能让整座山，由远而近又由近而远地
响起雷声。
在登临此山之前
先要洗尘、静默
然后可以听闻
空谷足音。
每一级石级或者陡峭的坡面
对应着编钟的音符。
它们的传递缓慢，但可以穿透虚无。

大树的根是交错纵横的绳索。
它们和土地捆绑，将松软的意志系紧。
岩层以下的矿石将黑暗里的光明
转化成高纯度的金属琴键。
这些琴键，随着抵达地心的深度
而逐渐减少被弹奏的可能。
它们和隐藏民间终生未被发掘的大德之人一样

如果地火达到熔化坚硬的钢铁的温度
它将被提取。

所有的腐烂都在地面的表层。
在可以安住灵魂的内部
死去的鱼、蝴蝶，骨骼与脉络
比活着时更为清晰。
金色的音乐响起
狂风暴雨的呼喊归于透明和宁静。
他们应该相信这是神和时间的力量。
聆听者们重新坐下
然后被带往冰雪覆盖之处，星辰隐没之处。
帷幕落下
无声的祈祷和人世的烟火都暂时告退。

再去聆听整个山谷落叶的声响。
自上而下，还是自下而上
听从来自不同方向的风。
无法确定在哪一棵树下长眠
这种声势浩大地奔赴死亡的方式
教给地面以上的生灵
学会舍弃重量得到自由与重生。
它们脱离一个母体
去往一个更为辽阔的母体
一片落叶的去向有如一个音符
不断消失又不断重现。

在一棵树的心脏仰望天空

在一棵树的心脏仰望天空。
可以通过喉管看到隧道尽头一样的蓝
这棵树的五脏六腑连同筋骨血肉
在两千多年的时光里，逐一交付了风雨
就是空空的腹腔，也曾被一场
一天一夜的大火，烧焦。
幸好烈火无法进入生命更深处的腹地
幸好回流的血和注入的养分又一次
帮它挺过了一场劫难。这种劫难
在两千多年的岁月中应该时有发生

在一棵树的心脏辨识形体。
真的，你心中想出现什么，就会在
树的内部的壁垒上看到什么
比如狮子，比如羔羊，比如
一对相拥的恋人，甚至低眉的菩萨……
真的，你心中想消解什么，就会
消解什么。比如你认为的几十年的
仇怨，别人对你的中伤，你
恨到咬牙切齿的人，突然不恨了……
在这棵树的心脏，抚摸没有边际

的伤口，你会想缩小自己

无限地缩小自己，缩小成
这棵沉默慈悲的古树的一片树叶。

图书在版编目（ＣＩＰ）数据

所见 / 天岩著. -- 武汉 ：长江文艺出版社，
2021.1
ISBN 978-7-5702-1734-2

Ⅰ. ①所… Ⅱ. ①天… Ⅲ. ①诗集－中国－当代
Ⅳ. ①I227

中国版本图书馆 CIP 数据核字（2020）第 144822 号

责任编辑：谈　骁　　付　敏　　　　责任校对：毛　娟
封面设计：庄　繁　　　　　　　　责任印制：邱　莉　　王光兴

───────────────────────────────

出版：长江出版传媒 | 长江文艺出版社
地址：武汉市雄楚大街 268 号　　　邮编：430070
发行：长江文艺出版社
http://www.cjlap.com
印刷：湖北新华印务有限公司

───────────────────────────────

开本：880 毫米×1230 毫米　　　1/32　　印张：7.375　　插页：4 页
版次：2021 年 1 月第 1 版　　　　2021 年 1 月第 1 次印刷
行数：4816 行

───────────────────────────────

定价：49.00 元

───────────────────────────────